# MERWIN

## E OS DEMÔNIOS DE AKENAR

# MERWIN

## E OS DEMÔNIOS DE AKENAR

Marcio Parente

Dados Internacionais de Catalogação na Publicação (CIP)
(Câmara Brasileira do Livro, SP, Brasil)

```
Parente, Marcio
    Merwin e os demônios de Akenar / Marcio Parente.
-- Rio de Janeiro : Ed. do Autor, 2024.

    ISBN 978-65-01-06305-8

    1. Ficção científica brasileira I. Título.
```

| 24-212668 | CDD-B869.308762 |
|---|---|

Índices para catálogo sistemático:

1. Ficção científica : Literatura brasileira
        B869.308762

Eliane de Freitas Leite - Bibliotecária - CRB 8/8415

Dedico esse livro a:

_______________________________________

"Observem atentamente, pois o que será revelado poderá redefinir a conexão de nosso mundo com os deuses
do multiverso."


________________________/______/______

Este livro é dedicado à minha amada esposa, Elaine Vieira Ramos, que me apoia nos delírios literários enquanto habilmente navega pelas terríveis burocracias do nosso mundo.

# PRÓLOGO

*Greena Hotel, Mamarossa, ano do 4º Nebular de 54.062*

*Caro Josafá,*

*Fico feliz em contribuir com as suas pesquisas sobre Eldorion, embora as minhas recentes tentativas de travessia interdimensional tenham sido complicadas pela complexidade temporal de Terramira.*

*Eldorion, um eco distante do meu planeta natal na galáxia Sigma Acallaris, foi recentemente o foco de minha atenção devido ao último fragmento da Pirâmide Ascensional de Akenar. A tecnologia fornecida por Giskard 0.46 transformou o meu Volkswagen de 1973, Nico, numa máquina mais eficiente para enfrentar as barreiras dimensionais. Equipado com uma matriz de processamento neural, sistema de autorreparação e blindagem reforçada, Nico agora navega com segurança pela rodovia interdimensional.*

*A descoberta desse fragmento ofereceu uma oportunidade única para resolver um antigo conflito entre Aldorius e Fayrindor, duas nações com crenças divergentes, mas unidas na adoração a Akenar. A competição pelo fragmento, inicialmente causadora de tensões, revelou-se uma chance para a paz. Os líderes de ambas as nações decidiram realizar um grande evento mundial na região sagrada para os aldorinos, esperando que a reunião dos fragmentos da pirâmide pudesse ressuscitar Akenar e unificar as suas crenças.*

*Este evento não só avançaria as minhas investigações, mas também me ofereceria a oportunidade de rever uma velha amiga e angariar recursos financeiros. No entanto, coisas terríveis aconteceram lá, atos tão perturbadores que me forçaram a bloquear essas lembranças. O tema dos arbolianos, por sua vez, é complexo e merece uma discussão pessoal.*

*Espero que esta informação seja útil.*
*Com melhores cumprimentos,*

*Antônio Carlos Merwin*

# CAPÍTULO 1

Somente as trevas nuas encontraram os meus olhos quando cruzei o acesso aos portais transversos de Eldorion. O caminho até então havia sido um vazio monótono no espaço, onde apenas presidiam o silêncio e a escuridão. Mas agora, o cenário começava a mudar rapidamente. A estrada, antes invisível, brilhava sob uma luz tênue, margeada de arbustos vibrantes que pareciam pulsar com vida própria.

Desativei a blindagem da janela, permitindo que o ar fresco enchesse o veículo. O aroma da primavera invadiu os meus sentidos, carregado pelo canto distinto de pássaros exóticos que eu nunca ouvira antes. Grandes árvores surgiam majestosas na paisagem, suas copas altas se destacando contra um céu tingido de violeta, criando um contraste impressionante com o vazio anterior.

Após dirigir por cerca de dez quilômetros, comecei a observar outros veículos na pista oposta. A engenharia automotiva de Eldorion era algo impressionante e estranho ao mesmo tempo. Incorporava materiais inusitados como cristais, restos de satélites e até mesmo matéria orgânica vegetal e animal. O resultado eram monstruosidades mecânicas peculiares, cuja presença constante denunciava a proximidade dos centros urbanos. Não pude deixar de sentir-me fascinado e um pouco inquieto com essas criações bizarras.

Em certo trecho da rodovia, o computador de bordo emitiu uma série de ruídos e chiados eletrônicos, ferindo o silêncio. Indicadores luminosos piscavam no painel, tentando chamar a minha atenção.

"A avaliação das condições do veículo é essencial para a segurança", a voz metálica do computador interveio.

— Nico, situação do sistema? — cofiei a barba, ansioso pelas más notícias.

"Sistemas operando nos parâmetros, embora a matriz de autorreparação esteja em 70% de capacidade".

Apesar das modificações avançadas, os desafios constantes das viagens interdimensionais começaram a afetar Nico. As luzes no display mostraram uma série de ícones críticos, cada um representando uma parte vital do fusca: suspensão, motor, bateria. A matriz de autorreparação estava sobrecarregada, lutando para manter todas as funções operando após inúmeras travessias dimensionais. Depois de tantas alterações, o carro pouco lembrava o seu "design" original.

— E quanto tempo até Ventúria dos Alabastros?

"Deveríamos alcançar o destino em aproximadamente cinquenta e dois quilômetros, considerando a operação atual", a voz feminina de Nico respondeu, com um tom que quase sugeria cautela.

— Ótimo, vamos ver se encontramos alguém para consertar isso.

Cerca de quarenta minutos depois, as primeiras construções começaram a se erguer ao longe. A cidade, com suas torres peculiares e estruturas majestosas, emergia da floresta como uma joia reluzente. Ventúria dos Alabastros era um dos centros da cultura aldorina. As residências do lugar se assemelhavam a estruturas arquitetônicas esculpidas em árvores de proporções excepcionais, com enormes raízes e vegetação exuberante crescendo em suas superfícies.

Essas construções, repletas de luzes e cores, abrigavam uma infinidade de famílias aldorinas. Torres peculiares e construções sombrias, possivelmente erguidas por civilizações de outros mundos, também se destacavam na paisagem, criando um cenário ao mesmo tempo fascinante e misterioso.

O planeta Eldorion desempenhava o papel crucial de porto de intermediação, atraindo aventureiros de várias regiões do multiverso. Essa função dinamizava o comércio e ajudava a garantir a paz entre as dimensões vizinhas. Tudo isso tornava Eldorion um ponto vital de encontro e troca.

Seus habitantes dominavam o Algarin, idioma estabelecido como universal pelas nações interdimensionais conhecidas. Apesar de sua genealogia humana, diferenciavam-se pelo tom acinzentado da pele, às vezes com nuances quase azuladas, que lhes conferia uma aparência única. Com frequência, interagiam com visitantes de diversos universos e mundos; portanto, a nossa presença ali não era de forma alguma surpreendente.

Atravessamos sem dificuldades uma larga via pavimentada com paralelepípedos de asteroides avermelhados, onde um vibrante mercado de rua se estendia de ponta a ponta. Árvores-residência alinhavam as ruas transversais. Ao norte de uma praça de ladrilhos, um templo se erguia, atraindo os seguidores do deus Akenar que clamavam orações e entoavam louvores. Para um cara como eu, era melhor evitar cruzar o caminho daqueles fanáticos.

Uma série de veículos intrigantes povoava o tráfego, cada um mais surpreendente que o outro. No entanto, um deles me chamou a atenção de forma especial. Em muitos aspectos, assemelhava-se a uma tartaruga pré-histórica gigantesca, dotada de partes orgânicas e cibernéticas, com algo parecido com esteiras de trator servindo de força de tração. A cabine do motorista ficava no topo do casco maciço e ósseo, um compartimento ovalado, feito de material verde e translúcido. Um conjunto de correntes longas, equipadas com ganchos nas extremidades, sugeria que o veículo tinha a função de reboque.

O veículo estava estacionado diante de uma ampla fenda, encravado entre as raízes de duas árvores imponentes. Ao redor, o terreno era um caos de peças mecânicas e montes volumosos. Em meio a uma paisagem de ferro retorcido, ossos e pedras coloridas, um indivíduo pequeno e curvado, com cara de rato, circulava nervosamente.

Ao parar meu carro ao lado da estrutura mecânica enigmática, acenei para o sujeito e chamei:

— Olá! Preciso de ajuda com meu veículo. Pode me dar uma mão?

O estranho emitiu um guincho agudo, possivelmente um sinal de surpresa ou reconhecimento, e me examinou atentamente por um momento, como se tentasse decifrar se já me conhecia. Ao se aproximar, seus traços se tornaram mais claros e reconheci que ele era um alienígena da raça dos Namazeus. Esses seres, conhecidos por sua linhagem que mimetiza os traços evolutivos dos roedores, possuíam características distintas como olhos grandes, iguais a esferas de aço, e movimentos ágeis, lembrando vagamente os pequenos mamíferos da Terra.

Eram bípedes, embora não caminhassem totalmente eretos. A ausência completa de pelos conferia-lhes uma aparência pálida e enrugada. Os ouvidos eram substituídos por pequenos orifícios. Além disso, esses seres ostentavam dois incisivos proeminentes, que se lançavam como adagas para fora da boca.

— Oh, sim, estou certo de que posso fazer isso — o dialeto universal soava bastante fino e irritante em seu tom de voz. — Veículo da Terra, não é? Qual paralelo?

— Quinto.

— Sim, sim, naves do quinto paralelo. Bastante espirituosas, gosto muito delas.

— É... são ótimas — comentei ao sair do fusca. — Mas acho que tem alguma coisa estragada. Pode dar uma olhada?

— Oh, claro — deu uma risada, que soou como outro guincho —, é bom estudar o caso. Meu nome é Rakin. Essa é a minha oficina.

— Sou Merwin.

Ele abriu a tampa traseira e começou a mexer em tudo antes mesmo de o motor esfriar.

— Sua boa sorte colocou você aqui, Merlim.

— É Merwin.

— Ah, sim. Trabalhar com componentes híbridos é uma arte — poucos mecânicos entendem realmente as suas complexidades. Olha, eu tenho peças originais de Terramira, turbinas e baterias supersônicas de 55 Cancri-e, propulsores Superterra para viagens interdimensionais, e uma carroceria que resiste a quase tudo. Quase tudo mesmo! Posso deixar o seu carro como novo, novinho mesmo, só que isso sai por um preço um tanto alto.

— Cinco mil moedas de zoroastros é alto o bastante?

Rakin lançou um olhar rápido para o interior do Fusca e soltou uma risada.

— Isso não é tudo o que você tem, certo? Quais seus assuntos aqui em Eldorion, negócios?

— Apenas negócios.

Ele riu de novo, olhando maliciosamente para o banco de trás.

— Três caixas de adrenocromo no banco de trás fazem negócio bastante lucrativo, não é, Merlim do quinto paralelo?

Apertei os olhos e encarei o mecânico, refletindo sobre o custo dos reparos. Uma pontada de arrependimento me atingiu por economizar tanto em coisas essenciais. Se eu continuasse negligenciando prioridades críticas, poderia acabar morto.

— Tudo bem! — bufei, resignado. — O que pode fazer com cinco mil moedas e mais duas caixas de adrenocromo?

Rakin escarrou e cuspiu uma gosma amarelada, bem nojenta, como se desprezasse a minha oferta.

— Preciso ver célula de energia de nave.

Levantei as caixas do banco traseiro e as coloquei no chão enquanto Rakin examinava a bateria sob o assento. Após um momento de reflexão, ele balançou a cabeça.

— Não presta, não presta mesmo! Porcaria fabricada em Terramira, sabe?

— Sim, em Mamarossa.

— Deus-máquina instalou isso?

— Giskard 0.46.

— Oh, sim, aquele robô e seus projetos esquisitos. Entende nada de carros do cinto paralelo, nadinha, nadinha.

— E o que você sugere, amigão?

— Vai precisar de propulsores novos e uma bateria mais potente se não quiser ficar para sempre em Eldorion. Nave não suporta outra transposição dimensional. Tenho célula de energia venusiana de terceira dimensão, dura mais de quatrocentas horas na realidade de Vênus. Posso instalar. Não precisa de combustível, apenas recarregar. Como disse, precisa trocar turbinas também, turbinas supersônicas de 55 Cancri-e, propulsores Superterra, muito resistentes.

— É tudo que pode fazer?

— Oh, sim, precisa definitivamente de mais recursos, Merlim do quinto paralelo. Nave muito modificada, muito modificada mesmo.

— É Merwin, Merwin! E essa maldita bateria estava funcionando até agora!

Rakin apenas deu de ombros.

— Como posso saber se posso confiar em você? — perguntei.

Ele pensou, olhou para um lado, olhou para o outro e caminhou em direção a uma pilha de sucata.

— Estava aqui, sei que estava — murmurou, revirando os restos metálicos. — Ah, aqui está!

Retornou com um pequeno objeto de metal em mãos.

— O que é isso? — indaguei, curioso.

— Comunicador. Conecta direto com o computador do veículo, usando energia de satélites naturais de Eldorion. Pode esconder na roupa, imperceptível. Considere um presente. Experimente, vamos!

Prendi o aparelho no bolso interno da jaqueta e comandei:

— Nico, ligue o motor.

Imediatamente, o fusca roncou com a potência de um trovão.

— Viu? Por que não confiaria? — ele esboçou um sorriso de desdém naquela cara de rato.

Cofiei a barba, ponderando minhas opções.

— Tudo bem, só espero que não demore muito. Preciso chegar ainda hoje ao cânion do Rio Shiolba.

— Oh, sim, festejos de Akenar. Eu ficaria longe, se fosse você.

— Como assim?

— Doidos, todos eles! — exclamou com uma ponta de temor na voz. — Crendices daqui são perigosas. Eldorianos mexem com forças que nem mesmo entendem. Siga meu conselho, homem do quinto paralelo: volte para a via interdimensional e busque recursos maiores em seu mundo. Será muito mais seguro.

De repente, ele fez uma careta, como se um odor desagradável penetrasse o ar.

— Homem cheira a pelo de macaco — zombou com uma risada maldosa. — Nunca vi símio tão desmazelado como Merlim. Militares de Eldorion, ah, eles não têm paciência para vagabundos que nem você, não mesmo!

O homem-rato não falava sem razão; meu cabelo era um longo emaranhado de poeira e óleo de motor, e minha barba espessa havia se tornado um celeiro de sujeira e desconforto.

Rakin então me convidou para entrar em sua toca, oferecendo-me a chance de tomar um banho enquanto terminava os reparos. Ele me forneceu um conjunto de roupas aldorinas, mas eu preferi manter meus jeans desgastados e a velha jaqueta de couro preta. Os coturnos também eram essenciais para não agredir o meu estilo.

O mecânico concluiu os consertos com destreza e, após receber o pagamento combinado, despediu-se com um aceno breve. Virou-se para suas outras tarefas com a mesma agilidade que dedicara ao meu veículo. Observei-o por um momento, admirando sua eficácia antes de seguir para o próximo destino.

Embora eu não desse muito crédito às suas previsões, um calafrio de dúvida percorreu-me a espinha. Ainda assim, decidi que era hora de seguir em frente, não sem antes lançar um olhar para trás, onde minha intuição e as advertências do mecânico se entrelaçavam feito as tramas de meu destino.

# CAPÍTULO 2

Com as condições de navegação favoráveis, ativei o piloto automático. Nico me guiou para longe de Ventúria dos Alabastros, rumo ao cânion do extinto Rio Shiolba. A vista da serra era nada menos que espetacular. Do alto, podíamos observar uma paisagem magnífica e, de nosso ponto elevado, era possível abarcar toda a extensão de um terrível abismo. Naquela ocasião, a magnitude do cenário despertou em mim um sentimento profundo de inquietação e desconforto, sem que eu compreendesse exatamente o motivo.

Após ultrapassarmos a camada dos nimbos violetas, o cenário se transformou dramaticamente em um céu azul profundo, coalhado de balões coloridos de todos os tamanhos e formatos. A horizontalidade do cume encerrava-se mais adiante, onde grandes blocos de pedra se erguiam, formando uma imponente muralha. Atravessamos um portão maciço de madeira, suspenso por correntes robustas e uma roldana eletrônica, que chiava suavemente ao movimento.

No interior da fortificação, lâmpadas feitas de cristais aerolíticos derramavam uma luz suave e etérea nas barracas. Estas eram tão coloridas quanto os balões, cada uma vibrando com a vida do mercado que se estendia diante de nós. As tendas estavam repletas de frutas exóticas, roupas feitas com tecidos de padrões detalhados e uma variedade de quinquilharias estranhas. Carcaças penduradas em ganchos ou dispostas em mesas de pedra baixas exibiam a carne esfolada de criaturas desconhecidas, criando um espetáculo brutal que contrastava com a exuberância artística da feira.

Ao chegar a um determinado ponto, estacionei o fusca entre uma variedade de veículos que mais pareciam ter escapado de um filme de monstros dos anos 80, cada um mais estranho que o outro. Após retirar cuidadosamente as ampolas de adrenocromo da caixa, acondicionei-as em minha mochila. Eu esperava ficar longe de confusão. Mesmo assim, só por cautela, levei meu revólver de oito tiros, uma cartucheira bem abastecida ao redor da cintura e uma faca de caça.

— Fique aqui, Nico. Vou tentar vender o que restou dessas porcarias. Este lugar está cheio de viciados. Mantenha-se alerta e, aconteça o que acontecer, não chame atenção. Entendeu?

Nico buzinou duas vezes, assentindo em concordância.

O mercado fervilhava com a energia de uma multidão compacta, onde aldorinos e fayrins, pela primeira vez, coexistiam sem tensão. O odor era ruim pelo acúmulo de gente, uma combinação desagradável de suor, cânabis, especiarias variadas, carne grelhada, incensos e inúmeros outros odores. Ambulantes movimentavam-se ágeis, buscando atrair compradores entre o burburinho contínuo.

Avancei com pressa, desviando habilmente dos transeuntes e mantendo distância dos soldados que patrulhavam o local. A presença militar pesava intensa e constante sobre o mercado. Algumas pessoas esbarravam em mim, entrando e saindo das tendas. Ouvi muitos dialetos; mas, para meu alívio, o algarin era predominante.

Enquanto me movia, um sujeito de aparência notável chamou minha atenção. Ele se destacava com sua estatura imponente e uma toga ornada com padrões de mandalas. Sua figura era quase surreal, com um pescoço alongado e uma cabeça que lembrava um abutre, completada por garras afiadas no lugar de mãos. Seu olhar penetrante, sombrio e enigmático, me fez acelerar o passo.

Pouco depois, uma criatura menos interessante me interceptou com um sorriso astuto. Era um camarada de cabelos curtos castanhos, de pele arroxeada, com os dentes podres, usando uma túnica alaranjada. Ele brandia bugigangas coloridas.

— Viajante, seja bem-vindo! — ele disse, sua voz lembrando o sotaque do sétimo paralelo de Netuno. — Interessado em amuletos para afastar o azar? Tenho também réplicas do último fragmento da pirâmide, apenas cinco moedas de zoroastros.

Agradeci com um gesto negativo e continuei o meu caminho, até que um rosto familiar atrás de uma barraca finalmente trouxe algum alívio à minha tensão. Ao notar a minha presença, a jovem e bela aldorina sorriu e disse:

— Olá, forasteiro! Está atrasado — sua voz era leve, mas carregada de uma ironia amigável.

— É... vivo chegando atrasado — respondi, apoiando-me no balcão.

Ela ainda sorria quando o careca grandalhão, com uma pele verde-oliva, emergiu das cortinas que cobriam a entrada da tenda. Ele me olhou carrancudo por alguns segundos e declarou:

— Não estamos interessados em suas mercadorias, camarada. Volte para sua dimensão e nos deixe em paz.

— Ficou muito bem com esse gibão dourado de Marte, amigão. Faz você parecer... sei lá, meio natalino.

O sarcasmo era uma de minhas maneiras de lidar com hostilidades, e isso realmente irritava as pessoas. O sujeito veio em minha direção com um esgar de fúria, que acentuava ainda mais suas narinas enormes, desproporcionais em relação ao rosto. A garota o conteve, espalmando as mãos no peito largo do brutamonte.

— Acalme-se, Aluha! Merwin não causará problemas desta vez, certo, Merwin?

— Claro que não! — mantive o queixo erguido, tentando não me mostrar intimidado.

Ele bufou novamente e, em seguida, virou-se e entrou na tenta.

— Pelo jeito, o cara ainda tem uma queda por você — comentei.

— Não o leve a sério, está apenas sendo paternal.

— Tudo bem. Que tal cortarmos a conversa fiada? Tenho algo aqui que pode interessar a vocês.

— O que é?

Retirei a mochila, abri o zíper e revelei o conteúdo.

— Merwin, nós não somos traficantes e não usamos essas substâncias. Só lidamos com medicamentos, ervas e livros.

— Ah, vamos lá! Podemos dividir o lucro. Vocês ficam com trinta por cento.

— Se os guardas pegarem você com isso, vai se complicar.

Em Eldorion, a venda de adrenocromo operava em uma zona cinzenta. Não era explicitamente ilegal, mas também não estava sujeita a qualquer forma de supervisão. Isso resultava em um mercado subterrâneo, onde os negociantes eram forçados a subornar os guardiões das fronteiras entre mundos e dimensões, inflacionando drasticamente o custo do produto.

— Por isso, preciso de um lugar discreto. Além disso, a federação tem mais com que se preocupar do que com alguns aldorinos chapados.

Ela me encarou com uma ponta de desconfiança.

— Quero metade.

— Seja razoável, gata! Não é fácil ganhar a confiança de um fornecedor.

— Meio a meio parece justo.

— Quarenta por cento. É minha última oferta.

— Adeus, Merwin — ela se virou, pronta para desaparecer no interior da barraca.

— Tudo bem! Aceito! Fechado! Pelo menos não terei mais que carregar isso por aí.

Já naquela época, corria o boato de que a produção do adrenocromo envolvia horrores inimagináveis. Mentira? Eu não tinha certeza. Mal conhecia seus efeitos. O que realmente me movia era a perspectiva de ganhar uma boa quantidade de moedas no menor tempo possível. Era apenas um jogo de números e lucros rápidos.

E, de fato, antes mesmo de o sol de Eldorion concluir sua trajetória para o oeste, já tínhamos vendido toda nossa carga. Honramos nosso acordo com fidelidade, e até mesmo o gigante carrancudo exibiu um raro sorriso ao ver o excelente resultado das vendas. Ele estava tão absorto com os lucros que mal notou quando eu e minha amiga nos esgueiramos para fora do mercado, atraídos pela promessa de um evento que prometia ser tão luminoso quanto o dia que estava terminando.

Seguimos a multidão, atravessando uma trilha iluminada por cristais até chegar a uma área externa, distante do núcleo denso da fortificação. As pessoas se reuniam nesse descampado, apreciando um espetáculo crepuscular de cores. Centenas de balões flutuavam livremente pelo espaço, e cortinas etéreas transformavam o céu em um mar de diamantes. O público, cativado pela beleza, murmurava em admiração.

À medida que adentrávamos o local sagrado, a música vibrante e estranha dos aldorinos nos envolvia, criando uma atmosfera festiva irresistível. No coração desse cenário encantado, avistamos a pirâmide ascensional, que se erguia solitária sobre uma elevação de rocha plana. Não era tão grande quanto eu esperava, mas tinha o tamanho aproximado do meu fusca. À primeira vista, parecia um amontoado caótico de pedras. Cristais luminosos a circundavam, emitindo um brilho intenso que parecia dançar ao ritmo da música, iluminando a noite e atraindo os olhares admirados de todos ao redor.

Lunaz apontou para o céu, onde bólidos cintilantes cortavam a escuridão, traçando arcos luminosos acima de nós. Ela se virou para mim, sorrindo, seus olhos verdes brilhavam com um fulgor quase sobrenatural à luz da grande lua de Eldorion.

— Veja, os espíritos já comemoram a ressurreição de Akenar — disse ela em uma mistura de reverência e alegria.

Senti um aperto no peito ao ouvir suas palavras, e então, subitamente, meu silêncio contemplativo se transformou em uma enxurrada de memórias.

— Os arúspices de um planeta extinto usaram um nome similar para descrever um sonho que me atormentou por muitas noites. Achei que poderiam me ajudar a encontrar minha filha, mas estava enganado. Essas premonições são apenas fantasias, alucinações de mentes fracas.

— Deve ser realmente difícil perder alguém de forma tão inesperada.

Concordei com um aceno de cabeça.

— Dizem que Akenar preenche os sonhos com nossos desejos mais profundos — ela continuou, sua voz carregada de reverência. — Muitos aqui compartilham relatos de visões onde ele se manifesta em formas incontáveis e eternas.

Embora pudesse ser verdade, também era possível que tais histórias não passassem de ilusões enraizadas em fantasias delirantes. Essa dúvida me levou a procurar evidências mais concretas. Após meu encontro com os arúspices decrépitos de Muthanus E5X, comecei a explorar uma possível ligação entre a natureza metafísica desse deus eldoriano e Aquenaton da XVIII dinastia do Egito.

Relatos de experimentos de engenharia genética extradimensional em Amenófis IV, também conhecido como Aquenaton, me intrigavam. Segundo minhas investigações, esta figura possuía traços anatomicamente humanos, mas com distinções notáveis, como um crânio alongado e olhos grandes, semelhantes aos descritos em relatos de encontros com os Grays de Zeta Reticuli.

Durante essa busca, um sábio de Muthanus E5X me sugeriu as coordenadas de um sonho específico, insinuando que Aquenaton poderia revelar pistas sobre o paradeiro de minha filha desaparecida.

— Olá, sejam muito bem-vindos! — disse um jovem de pele cinzenta e cabelos ruivos, aparentemente de origem aldorina, interrompendo a quietude de meus pensamentos. Ele abriu a bolsa de couro branco que trazia a tiracolo, de onde retirou dois charutos enormes.

Achei graça ao perceber que o garoto vestia uma imitação de jeans enxovalhado da Terra, certamente produzido por um tecelão pouco talentoso.

— Aposto que nunca viram nada assim, excelente safra do septuagésimo oitavo paralelo. São tarugos artesanais da melhor cânabis marciana, vindos direto de Canaia. — explicou, entusiasmado.

— Canaia fica em Nebulis, na sexta dimensão de Plutão — retruquei, com meu tom habitualmente mal-humorado.

— Ei, você não é aquele que chamam de Merwin, o Caveira? — ele me encarou, surpreso, e então apontou. — É você sim, tenho certeza!

— Some daqui, moleque!

Lunaz riu da situação.

— Não seja mais bobo do que parece, Caveira. Quanto custa um desses, garoto?

— Três moedas de zoroastros.

— Ah, droga! Deixei todo meu dinheiro na barraca — ela me olhou, estendendo a palma da mão para mim. — Vamos, seja um cavalheiro uma vez na vida.

Revirei os olhos, irritado, e procurei nos bolsos da minha calça. Tirei duas moedas e entreguei-lhe.

— É só o que tenho, o resto está na mochila.

— Quem poderia negar um desconto para uma moça com olhos tão verdes quanto as florestas de Verdentia? — o jovem entregou o charuto e acendeu para ela.

Lunaz deu uma longa tragada e então me ofereceu.

— Não, obrigado.

— Vamos lá! — ela insistiu. — Isso vai fazer bem a você. Está muito tenso.

— E por que acha que preciso disso para me acalmar?

A aldorina deu de ombros e piscou para o garoto.

— E você, qual é o seu nome?

— Cyron.

— Sou Lunaz. Este aqui, pelo jeito, você já conhece.

Fiz um cumprimento curto com a cabeça e olhei para o céu, atraído pelo fulgor de uma nova chuva de corpos celestes.

— Meu pai... ele me ensinou muito sobre as energias que sustentam esses portais — disse o garoto, mirando o firmamento. — A formação estelar que estamos vendo é mencionada nos antigos textos de Akenar como um ponto de referência para os viajantes dimensionais.

Cyron tentou dizer mais alguma coisa, mas um alvoroço ensurdecedor interrompeu suas palavras antes mesmo de chegarem ao ar. A música diminuiu subitamente, e uma onda de aplausos varreu os murmúrios de meus pensamentos. Estiquei o pescoço para conseguir uma visão melhor do palco. À direita da pilha piramidal de pedras, duas mulheres em túnicas escarlates aguardavam com expressões solenes e mãos postas diante do corpo.

Nesse momento, um ancião de pele azulada surgiu na beirada do palco, metido em um roupão cheio de plumas coloridas. Ele se movia com o apoio de uma bengala, ligeiramente curvado. O velho acenou serenamente com a cabeça e, ao sinal, uma das sacerdotisas ergueu um pequeno pedaço de rocha com ambas as mãos. A reação da multidão reverberou como o rugido de um grande animal, incitando um clamor de excitação que reverberou pelo espaço.

Enquanto eu tentava decifrar o significado do gesto, Lunaz e Cyron reagiam ao espetáculo com aplausos efusivos. Senti-me estranhamente deslocado, culpado por não compartilhar do mesmo entusiasmo por um simples pedaço de pedra.

— Aquele homenzinho é o governante de Aldorius? — sussurrei para Lunaz.

— Não, o luminarca e seu filho são figuras reclusas; apenas seus súditos mais fiéis têm o privilégio de vê-los.

— Você quer dizer que eles são uma espécie de reis secretos?

Ela riu.

— Sim, acho que seria algo equivalente a isso em seu mundo.

Havia algo de sinistro em tudo aquilo, algo tão difícil de definir que me causava um profundo desconforto.

— Saudações a todos que compreendem e apoiam a nossa fé! Ouçam agora, todos vocês! — proclamou o idoso com uma voz ranhosa, mas retumbante. — Lembrem-se que estamos em terra santificada. Aqui reside um poder superior, maior que todos os universos existentes, e a ele devemos a nossa completa confiança e devoção.

O público silenciou, e ele prosseguiu no mesmo tom de autoridade.

— Meu nome é Malky, e sou o sacerdote da venerável Ordem Missionária de Rassnagar, no seu vigésimo quarto ciclo. As acólitas que me acompanham são herdeiras da antiga linhagem de Synamon, guardiãs dos ensinamentos que precedem nossa era. Com nossa assembleia agora completa, chegou o momento de iniciarmos o ritual de renascimento. A união dos cento e oitenta fragmentos sagrados, cada um imbuído do poder supremo de Akenar, abrirá o portal que nos separa da dimensão dos mortos. Observem atentamente, pois o que será revelado poderá redefinir a conexão de nosso mundo com os deuses do multiverso.

Enquanto observava as acólitas preparando os fragmentos, sentia uma energia preencher o ar, carregada com a promessa de um conhecimento ancestral. A cerimônia impulsionava minhas reflexões sobre as vastidões cósmicas e suas infinitas possibilidades. Nesse imenso território, os sonhos constituem um elo, uma corrente vital que conecta todas as existências. As entidades divinas, que respiram essa força primordial, conseguem transformar o imaginário em realidade, o efêmero em eterno. No entanto, como nós, essas criaturas também são mortais. Apesar de suas vidas se prolongarem por eras, elas inevitavelmente encontram seu fim.

O sacerdote abriu os braços e proferiu algumas palavras em uma linguagem que soava tão antiga quanto misteriosa. Com um gesto reverente, a mulher o acompanhou, depositando cuidadosamente o fragmento sobre o monte piramidal. Pouco depois, os três religiosos uniram suas vozes em um mantra envolvente, que parecia ressoar em nossos ossos.

— O que eles estão fazendo? — a voz do garoto estava carregada de fascínio.

— Não tenho certeza, mas parece que estão entrando em transe — Lunaz sussurrou em resposta, seu olhar fixo nas figuras ritualísticas.

De repente, ela percebeu que eu a estava encarando. Nossos olhares se cruzaram com uma intensidade que me pegou de surpresa, e ela sorriu. Seus traços, quase esculpidos, eram compatíveis somente com o amor e a beleza. Fiquei sem ação, meu coração disparou, e me senti um idiota emocionado, preso naquele instante. A noite iluminada se aliava aos astros para reverenciar a sua aura mística, e eu simplesmente não conseguia desviar o olhar.

Fascinado com o magnetismo que ela transmitia, aproximei o meu rosto do seu. Antes de beijá-la, porém, os murmúrios de reverência que se propagavam entre a multidão subitamente silenciaram. Das trevas, surgiu um enorme lampejo de luz. Logo depois, uma claridade vibrante brotou entre as pedras, disparando feixes que iluminavam a noite com uma impetuosidade crescente.

— Isso é normal, certo? — perguntou Cyron, os olhos arregalados.

— Creio que sim. Estamos em um lugar sagrado. Nada de ruim pode acontecer aqui — respondeu Lunaz.

— Você não acredita nisso de verdade, não é mesmo? — comentei após perceber o ar de preocupação no rosto de minha amiga.

Ameaças de pânico começaram a se alastrar quando um forte tremor sacudiu a terra. Senti um nó se formar no estômago. Lutei contra a sensação, tentando pensar em um plano. Nesse momento, as advertências do mecânico sobre os perigos desses rituais ecoaram em meus pensamentos. A verdade é que um pressentimento sombrio já germinava dentro de mim, mas a sedução do lucro e meu encanto pela aldorina haviam obscurecido meus instintos de precaução.

— Merwin! — ela me olhou assustada.

— Acalme-se, vou tirar a gente daqui — deslizei a mão até o comunicador no bolso interno da jaqueta e me agachei.

— Nico, você me ouve? — indaguei ao pequeno aparelho.

Um chiado de estática precedeu a resposta, que veio após uma eternidade de cinco segundos:

"Afirmativo!"

— Preciso de uma rota de fuga imediata para o portal dimensional mais próximo. Se minhas suspeitas estiverem corretas, estamos em perigo iminente.

"Identifiquei um grande pulso de energia anômala e desconhecida. Há interferência eletrostática e nenhum acesso claro ao espaço-tempo".

Antes que eu pudesse praguejar contra a má sorte, um estrondo profundo rasgou o silêncio, soando primeiro de um lado do céu e depois do outro, semelhante ao toque distante da buzina de um navio. Ao me levantar, presenciei a noite se transformar num gigantesco globo de plasma, repleto de raios e relâmpagos. A visão era tanto hipnotizante quanto ameaçadora, e senti um calafrio percorrer a minha espinha enquanto observava o céu tornar-se um espetáculo de luzes e explosões.

Todos ao meu redor permaneciam imóveis e silenciosos, hipnotizados pela visão de uma pirâmide descomunal que emergia majestosamente de entre as nuvens, irradiando a luz de um sol inesperado. Os raios emanados se refletiam em todas as direções, exsudando uma poderosa força de atração.

Coloquei as mãos sobre os olhos para me proteger da intensa claridade, mas eu sentia a cabeça a ponto de explodir. Ao tentar virar as costas para o brilho cegante, encontrei Lunaz com o olhar fixo. Assim como os demais expectadores, ela parecia catatônica, com a atenção vidrada na aterradora fonte luminosa.

— Acorde! — gritei, sacudindo-a pelos ombros. — Acorde, acorde!

Ela arregalou os olhos para mim e soluçou, como se tivesse acabado de emergir de um pesadelo. Eu a empurrei pela nuca, obrigando-a a se curvar.

— Fique abaixada, não olhe para a claridade!

Enquanto uma tempestade de luzes torpedeava o céu com um tilintar fantasmagórico, proveniente de lugar nenhum, algo na atmosfera pressentia um evento nada agradável. E eu não tinha a menor intenção de ficar ali para ver acontecer.

— Vamos logo! Precisamos sair daqui! — gritei, tentando puxar Lunaz pelo braço, mas ela resistiu depois de alguns passos.

— Não! Não! Espere... o garoto!

— Esqueça ele, temos que ir agora!

— Não podemos deixá-lo. Ajude-o, por favor!

— Ah, droga! — a determinação nos olhos da aldorina me fez vacilar. Embora achasse irracional se importar com um desconhecido naquele momento crítico, ela conseguia alcançar algo em mim que eu raramente admitia existir. Voltei correndo e sacudi o moleque com toda a força.

— Mas... o que aconteceu? Já é dia... — murmurou ele, visivelmente confuso.

Não esperei que o garoto entrasse em conexão para começar a empurrá-lo na direção oposta.

— Abaixe a cabeça e não olhe para trás.

Caminhamos agachados pelos primeiros metros, tropeçando enquanto tentávamos nos esgueirar por entre uma multidão de rostos paralisados e sem vida. Era como se estivéssemos perdidos em um labirinto de estátuas bizarras, todas banhadas por um esplendor sinistro e abrasador.

Lá no alto, a pirâmide prosseguia sua ascensão, crescendo cada vez mais. A relíquia de luz agora emitia um som avassalador, semelhante a mil trombetas tocando em uníssono, uma cacofonia que alcançava seu clímax em ponto de eclosão.

De repente, enquanto buscávamos desesperadamente uma saída, o céu noturno se partiu, despejando sobre nós uma chuva de meteoros flamejantes. E então tudo virou fogo. Em um piscar de olhos, uma catástrofe terrível se abateu sobre a terra. Corpos decapitados começaram a tombar à nossa volta, cabeças estourando como melões podres, espalhando sangue, pedaços de ossos e miolos em todas as direções.

Lunaz tropeçou em um cadáver e caiu com o rosto no chão encharcado de sangue. O nojo e o desespero a fizeram gritar em pânico. Voltei rapidamente e segurei suas mãos para puxá-la para cima.

— O que está acontecendo? — ela gritou, sua voz tremendo de medo.

— Continuem andando! Não parem! — eu repetia com urgência. — Aconteça o que acontecer, não olhem para a luz.

A fenda no céu lançou sobre a fortificação uma aurora imprevista. Abriu-se uma clareira na multidão e, com o coração acelerado, corremos em direção ao acampamento. Havia fogo queimando por todos os lados, corpos desfalecidos e feridos dispersos ao solo. A queda massiva dos meteoros e dos balões provocou vários focos de incêndio. O fogo se alastrou pelas barracas, e muitas pessoas tentavam escapar. Algumas atravessavam as chamas e emergiam das tendas com suas vestes em brasas. Outras, no entanto, tombavam entre as línguas de fogo e se contorciam até a morte.

Com a noite restabelecendo seu domínio e o fim do bombardeio celeste, o inferno ainda consumia nosso entorno. Uma coalizão improvisada entre aldorinos e fayrins organizou equipes de busca e resgate à procura de sobreviventes. Enquanto isso, veículos robustos, equipados com poderosos canhões de água, combatiam as chamas restantes. Gemidos dolorosos e gritos de angústia ressoavam pelo campo devastado, enquanto algumas pessoas se esforçavam para salvar relíquias e bens que a destruição havia poupado.

Finalmente, chegamos à tenda de Lunaz. O incêndio já havia destruído quase tudo. Ela caiu de joelhos, soluçando ao ver o corpo carbonizado de Aluha preso às estruturas de ferro de um enorme balão despedaçado. Seus olhos, de um verde intenso, encheram-se de lágrimas, e as chamas que se refletiam neles parecia acentuar a dança de luz e sombras de sua dor.

— Ofendemos os espíritos — disse entre soluços. — Trouxemos a maldição sobre a terra.

Cyron me ajudou a retirar o cadáver das ferragens e a levá-lo para fora da barraca. Depois disso, retornei ao local com um pedaço fino de madeira. Comecei a vasculhar a terra e os restos de tecido queimado. Em alguns segundos, meu esforçou rendeu um bom punhado de moedas enterradas nas cinzas. Peguei um bocado delas e fui até Lunaz.

— Veja, não perdemos tudo. Podemos encontrar muito mais — eu disse, tentando animá-la. Cunhadas em Xyloquartzito, um metal extraído de depósitos minerais encontrados em uma lua chamada Quartsion, as moedas de zoroastro eram praticamente indestrutíveis, sendo aceitas na maioria dos mundos e dimensões conhecidas.

Ela esbofeteou minha mão, dispersando as moedas.

— Aluha estava certo — sua voz tremia entre a tristeza e a ira. — Você só pensa em si mesmo! Essas coisas... Eu não quero mais nada disso. Guarde-as para você!

Antes que eu pudesse responder, o som de um motor se aproximando cortou o ar tenso. Nico parou ao nosso lado, e de dentro saíram duas pequenas criaturas assustadas de aparência felina. Um sujeito negro e musculoso, híbrido entre homem e leão, com uma longa cabeleira escura, correu para abraçá-las.

— Sua máquina é mais humana do que você — ela se levantou e caminhou até onde havíamos deixado o corpo de seu amigo. — Vamos, ajudem-me a carregá-lo.

Confrontado com a manifestação das trevas, percebi como a fé e a esperança eram frágeis contra as forças avassaladoras do desconhecido. Apesar do desafio iminente, ansiava apenas por um período de trégua, livre de enigmas a resolver, mas isso parecia muito distante.

# CAPÍTULO 3

Após conter o fogo, as equipes de emergência agiram rapidamente, removendo os mortos e feridos para um hospital temporário, estrategicamente montado para o evento. Este hospital consistia em cinco grandes barracas que sobreviveram ao incêndio, equipadas para lidar com a crise. Devido ao número de vítimas, mal havia espaço para acomodá-las. O crescente clima de pânico dava a impressão de que estávamos em meio às ruínas de uma guerra. Sem dúvida, eles haviam se preparado para casos inesperados de emergência, mas não naquelas proporções.

Olhei à minha direita e parei, surpreendido, ao ver o gigante humanoide com cabeça de abutre. Enquanto minha mente ainda tentava processar a situação, percebi que aquela criatura era o único médico disponível. Suas mãos, com dedos longos e pontiagudos, revelavam uma habilidade cirúrgica que desafiava sua aparência intimidadora.

— Apesar de ser apenas um visitante, ele se ofereceu para ajudar — explicou uma das enfermeiras ao notar nosso espanto. — Não encontramos nossos quatro médicos, tememos o pior.

— Posso ser útil também — interveio Lunaz.

— É enfermeira? — perguntou a outra mulher.

— Sim, sou enfermeira com ampla experiência em tratamentos e procedimentos de emergência, incluindo suturas.

— Tem certeza de que pode lidar com ferimentos graves?

— Sim, ela tem certeza. É ótima nisso — eu me adiantei, tentando encurtar a conversa.

A enfermeira me ignorou e continuou olhando para Lunaz, aguardando a resposta.

— Sim, tenho certeza.

— Excelente, siga-me por favor.

— Vou com você, Merwin — ofereceu-se Cyron.

— Melhor não, fique aqui. Elas podem precisar de um auxiliar ou sei lá o que mais.

Lunaz lançou-me um olhar de reprovação.

— Não é? — arqueei uma sobrancelha para ela.

— Sim, vamos — ela concordou, resignada, antes de seguir a enfermeira.

Cyron deu de ombros e a acompanhou.

Após deixá-los auxiliando nos cuidados médicos, corri de volta à tenda de Aluha. A urgência de vasculhar os restos ainda queimava dentro de mim. Eu não tinha a menor intenção de me render àquela situação sem antes garantir um resgate adequado. Encontrei o que restava da minha mochila, que era pouco mais que cinzas e tecido rasgado. As moedas de zoroastro ainda brilhavam entre os detritos. Rapidamente, envolvi-as em um pedaço de lona rasgada e as amarrei em uma trouxa improvisada. Com o pacote no banco de trás do fusca, sentei-me ao volante, respirei fundo para acalmar o coração acelerado e girei a chave que já aguardava na ignição.

O Volkswagen gemeu como se estivesse ressuscitando dos mortos. As luzes do painel se iluminaram.

"Sistema aguardando registro de finalidade para esta operação", a mensagem piscava em vermelho, apagava e piscava outra vez.

— Anote isso, Nico. Não vamos nos repetir nem assumir qualquer culpa pelo que está acontecendo aqui, certo? Agora, vamos sair daqui antes que mais alguma coisa dê errado.

O veículo rugiu com urgência quando engatei a primeira marcha e pisei fundo no acelerador. Esperava reconhecer o caminho de volta, mas a estrada, agora envolta em uma neblina opressiva, parecia uma versão distorcida de si mesma. O carro desafiava uma visibilidade quase nula; seus faróis talhando um caminho precário através névoa espessa.

Mantive a determinação e o pé firme no pedal. O som abafado do motor ecoava estranhamente no ar úmido. Em menos de uma hora, o computador de bordo atualizou nossa distância; aproximadamente vinte e cinco quilômetros, o que indicava nossa proximidade com a descida do cânion. De súbito, sem aviso, Nico assumiu o controle, virando o volante bruscamente para direita. O fusca derrapou com um cantar de pneus, mas se estabilizou e parou à beira de um precipício. A tela do painel piscou: "Trecho de estrada intransitável. Coordenadas do perímetro, recalculando rota…".

Confuso e perplexo, saí do veículo e contemplei o que parecia ser o fim do mundo. A paisagem à frente quase me fez perder o fôlego. Nem mesmo a névoa noturna conseguia ocultar a magnificência do espaço sideral, repleto de nebulosas azuladas e órbitas multicoloridas. À minha esquerda, um vórtice de luz maciça e turbulenta girava no meio da poeira cósmica, marcando a presença da estrada interdimensional que se estendia em direção a um ponto de transição distante, longe demais para acessá-lo.

Quando olhei para baixo, a vertigem e o medo me fizeram recuar instintivamente. Foi então que uma terrível compreensão se cristalizou: não havia retorno, apenas o precipício de um vazio sem fim.

Voltei ao carro e recostei no banco, fechando os olhos por um momento. Respirei fundo, de modo pausado, ritualístico, e me forcei a falar com calma.

— Nico, onde estamos agora?

"Estamos no paralelo seiscentos e sessenta e três de Sigma Acallaris, num fragmento de planeta extinto de duzentas milhas de diâmetro. Origem e identidade desconhecidas".

— Alguma rota interdimensional disponível nas próximas horas?

"A transposição no continuum do espaço-tempo ocorrerá em exatas doze horas terrestres".

— E se perdermos essa chance?

"O próximo acesso será após 500 eclípticas na terceira dimensão de Sylvanoris".

— O que equivale a mais de um século na temporalidade terrestre. Se estivermos corretos, isso deixaria todos os que ficaram irremediavelmente fodidos.

"Irremediavelmente", repetiu o computador.

— Droga! Precisamos voltar para salvar Lunaz.

Nesse instante, percebi um ruído quase inaudível sob o suave ronronar do motor, um ruído seco, semelhante ao estalar de ossos. Voltei a atenção para frente. Fechei os olhos, depois os abri, meio tonto de perplexidade.

Sob a claridade dos faróis, silhuetas humanoides nos observavam de forma inquietante. Pálidas e esqueléticas, estavam imóveis, com braços pendendo ao longo do corpo. Suas cabeças, como tochas de fogo-fátuo, flutuavam acima de pescoços pálidos e delgados como cera derretida.

— Consegue detectar a presença de organismos vivos longe dos arredores do acampamento?

"Negativo, apenas formas orgânicas nos limites designados".

— E movimentos não-orgânicos? Pode identificá-los?

Uma janela se abriu na tela virtual, mostrando a representação gráfica do terreno circundante. Um acúmulo de pontos frios formava uma massa oscilante de cinza.

— Eles estão por todo lado! O que são exatamente?

"Energia plasmática consciente".

— Fantasmas?

"Manifestações oníricas materializadas"

— Tulpas! — exasperei-me, cuspindo a palavra como se fosse veneno. — Não faltava mais nada! Certo, vamos sair logo daqui, mas sem fazer muito alarde.

As tulpas eram apenas uma curiosidade obscura para a maioria dos mundos, mas eu conhecia bem a realidade de sua influência. Eram seres sensíveis ao subconsciente de suas vítimas, por isso me esforcei ao máximo para manter a mente livre de pensamentos sombrios.

No entanto, tão logo concluí a manobra de retorno, uma memória antiga e perturbadora infiltrou-se em minha mente. Naquele exato instante, os espectros fecharam um cerco luminoso ao nosso redor, como uma horda de tochas vivas, movendo-se com gestos lentos e etéreos. Levou apenas um único segundo para que a intimidade do meu passado fosse exposta.

No meio das deformidades flamejantes, surgiu uma lembrança dura e pavorosa. O sujeito ainda mantinha aquele sorriso de escárnio. Reconheci-o instantaneamente: baixo, corcunda, e rechonchudo, com uma cabeça desproporcionalmente grande. Seus olhos esbugalhados e orelhas enormes destacavam-se sob o nariz adunco e uma barbicha pontiaguda, conferindo-lhe uma aparência diabólica. Sua pele, pálida e oleosa, era marcada por escoriações escuras. Vestia um manto longo de veludo negro, que cobria um imenso calombo nas costas.

Pisei fundo no acelerador e arranquei com determinação na direção do canalha, rompendo a multidão de aparições fantasmagóricas que nos cercava. O corcunda tentou um salto desesperado sobre o capô, mas dissipou-se ao contato, desvanecendo como fumaça ao vento. Era ele, o mesmo monstro que havia sequestrado minha filha anos atrás, desaparecendo com ela em um labirinto de realidades desconhecidas.

Em pouco tempo, os faróis revelaram a estrada de paralelepípedos vermelhos à nossa frente. Continuamos em direção ao acampamento, com as vozes das tulpas cintilando acima de nós. Seus corpos flamejantes flutuavam na névoa, esboçando no ar formas sinistras e distorcidas.

Cada uma delas lembrava a face maldita que nem o tempo, nem o espaço poderiam extinguir.

Saquei o revólver e abri a janela, dominado por uma fúria irracional. Comecei a disparar para todos os lados, mas a cara nefasta do corcunda desaparecia e reaparecia em várias direções.

— Filho da puta! — gritei com fúria. Então, de súbito, a névoa descortinou-se, e uma visão inesperada cortou minha respiração.

— Juliette!

Ali estava ela, seus cabelos loiros e cacheados flutuavam no véu nebuloso de um sonho, os olhos inocentes brilhando em azul cintilante. Ela usava o mesmo vestido branco de seu quinto aniversário. Estendeu os bracinhos em minha direção. E, por um momento, jurei ouvir sua voz suave chamar:

— Papai!

Em um ato reflexo, girei o volante para evitar colidir com sua presença etérea. O carro derrapou na estrada nebulosa enquanto os pneus raspavam ruidosamente contra a pista gelada. Lutei para manter o controle. Recuperei a direção e segui em frente com toda a potência dos propulsores. Lágrimas turvavam minha visão, e um urro amargo de dor rasgou-me a garganta. Minha alma trêmula agonizava, mas o tempo para o luto ainda não havia chegado.

Então, sem que eu pudesse conter, uma enxurrada de obscenidades ambíguas desencadeou-se em minha mente, entrelaçando as diferentes modalidades de meus horrores passados. A aversão tomou conta de mim ao ver as sombras cadavéricas dos muitos homens que matei. Uma dessas recordações materializou-se no banco de trás e ficou me encarando pelo espelho retrovisor, os olhos opacos, leitosos, tão vazios e perturbadores quanto os de um cadáver.

— E aí, polícia! Bora bater um papo? — sua pele tinha a coloração cinzenta de um tronco de árvore apodrecido. Possuía cabelos loiros, curtos e ensebados, penteados para trás. O rosto era fino e crivado de buracos de espinhas, com um rasgão horrível de sangue seco ao lado do pescoço.

— Não faço trato com defunto! Cai fora da minha cabeça, porra!

Ele riu alto e se desfez na fumaça, apenas para reaparecer no banco ao meu lado.

— Já tá metendo o doido de novo, tô ligado.

Continuei olhando para frente, fazendo um grande esforço para ignorá-lo.

— Carreta top, hein, mané? Passou a rasteira em quem dessa vez, fala aí!

Consegui recarregar o tambor do revólver com três munições, ao mesmo tempo em que tentava manter o controle do volante com a mão direita. Encostei o cano da arma na testa do malandro, mas ele continuou com aquele sorriso insano, sem piscar ou desviar o olhar.

— Cala a boca, filho da puta! — gritei.

O gatilho cedeu sob meu dedo, e a assombração desintegrou-se em uma névoa verde que flutuava diante de meus olhos. O tiro atravessou o ar, estraçalhando o vidro do carona, enquanto pensamentos raivosos invadiam o interior do veículo, zunindo em minha cabeça como pernilongos. Minha mente, já frágil, sucumbiu ao caos, transformando-se em um fervilhante caldeirão de pesadelos. A bruma se adensou e obscureceu tudo ao meu redor — eu não via mais nada além da minha própria loucura desenfreada.

"Humano Merwin, solicitando autorização para assumir o controle das funções".

— Assuma, pelo amor de Deus! Tire a gente daqui!

Nico respondeu prontamente, ativando um sistema defensivo que eu mal conhecia. As janelas se cobriram rapidamente com uma blindagem opaca, emergindo de compartimentos ocultos e envolvendo o veículo em uma camada grossa de um material que parecia absorver a radiação ao redor. O som das turbinas de emergência aumentou até se tornar um rugido ensurdecedor, e o fusca disparou para a frente como um míssil, chacoalhando violentamente.

Uma vertigem abrupta me dominou, acompanhada de uma dor aguda que pulsava na minha têmpora, como se meu crânio estivesse prestes a rachar. Luzes piscavam diante de meus olhos, até que um clarão verde saturou minha visão. Então, tudo se tornou escuridão. Apenas escuridão.

# CAPÍTULO 4

Não sei quanto tempo se passou, mas quando finalmente recobrei a consciência, encontrei-me deitado sobre uma maca no hospital de campanha, um leve zumbido enchendo meus ouvidos. Soltei um grito de espanto ao me deparar com a figura sinistra do homem-abutre me observando com olhos penetrantes.

— Calma, homem! — Cyron se aproximou rapidamente, tentando acalmar a situação. — O Doutor Sarnath está aqui para ajudar.

A criatura emitiu um grasnido irritado antes de se afastar, suas asas escuras esvoaçando levemente enquanto se movia para atender outro paciente.

— Quanto tempo fiquei apagado? — perguntei, sentindo a cabeça pesada.

Cyron deu de ombros e fez um gesto incerto com as mãos.

— Merda, quase quatro horas! — exclamei ao verificar meu relógio de pulso. Levantei-me com um suspiro resignado.

— Não está tonto? — Cyron franziu a testa. — Você estava delirando, falando de um monte de coisas estranhas. Melhor descansar mais um pouco.

Senti uma pontada aguda na nuca, quase como se algo pesado tivesse me atingido, mas ignorei.

— Não tenho tempo para isso. Preciso falar com Lunaz.

— Acho que ela está lá fora, ajudando a despachar os mortos.

As pessoas ao meu redor gemiam e choravam, espalhadas pelos leitos e pelo chão. O som de sofrimento era constante. Passei por entre os feridos e saí da barraca em busca de ar puro. Lá fora, não muito longe, avistei o cemitério improvisado. Os sobreviventes haviam arranjado pedras e pedaços de detritos espaciais para marcar os túmulos. Entre essas rústicas lápides, uma em particular chamou minha atenção. O nome de Aluha estava gravado em uma placa de metal enegrecido, destacando-se sob a luz triste de um estranho crepúsculo.

Enquanto as lamentações acompanhavam a desolação dos sobreviventes, Lunaz permanecia em silêncio, seu olhar perdido em algum lugar onde apenas as memórias poderiam alcançar. Lágrimas reluziam na placidez esverdeada de seus olhos, refletindo o resquício de luz que ainda restava daquele pedaço de mundo. Seu longo vestido, embora sujo e chamuscado pelas chamas recentes, ainda preservava um fragmento de dias melhores, uma suavidade que contrastava com a dureza da situação.

Lunaz tornara-se órfã muito jovem, em circunstâncias tão terríveis que o episódio marcara profundamente sua vida. Um atentado terrorista contra um hospital em Thalassa, capital de Aldorius, vitimara mais de quinhentas pessoas, incluindo seus pais, o Doutor Helianthus Valorian e a Doutora Seraphina Vaelith.

Apesar do trauma, Lunaz não cultivou ódio ou desejo de vingança contra os fayrins responsáveis pelo atentado. Ao contrário, canalizou sua dor em uma determinação firme de ajudar os outros. Atualmente, ela se dedica à reconciliação entre as comunidades e participa ativamente em projetos de promoção da paz. Para mim, parecia uma ilusão pensar que esses esforços poderiam realmente prevenir o sofrimento de outros.

— Meus pais morreram tentando salvar vidas — revelou, enquanto eu suavemente tocava suas costas. — Aluha era a única família que me restava, um enfermeiro notável. Ele me ensinou que, por meio do nosso esforço, podemos alcançar qualquer coisa, inclusive a paz.

— Eu realmente sinto muito pelo seu amigo.

Ela me olhou desconfiada.

— Estou falando sério — insisti. — No fundo, ele era um bom sujeito... ou sempre achei que fosse.

Lunaz respirou fundo antes de responder.

— Aluha passava muito tempo estudando os padrões dos acessos cósmicos e as rotas da via interdimensional. Ele temia que uma decisão impensada nos colocasse em perigo.

— Não existe essa baboseira de "padrões de acessos cósmicos". O que temos são realidades infinitas, empilhadas uma sobre as outras. Algumas geram monstros e deuses, outras só geram gente. É tudo questão do quanto estamos bem com nossa sorte. Mas ele tinha razão em uma coisa: há lugares que devemos evitar a todo custo.

— Sim, devemos — ela concordou, mas sua voz soou distante, perdida em pensamentos.

Coloquei a mão em seu ombro para oferecer um gesto de apoio. Lunaz se virou para mim, e uma brisa errante soprou seus longos cabelos contra o rosto. Com delicadeza, afastei a mecha rebelde e nossos olhares se encontraram novamente. Hesitei, sentindo a tensão entre nós, mas não avancei além disso. A vida sempre exigiu de mim um pragmatismo sem falhas, mas ali, diante dela, eu me via questionando aquelas regras.

— Você não é uma mulher fácil de esquecer, Senhorita Lunaz — murmurei.

Ela suspirou, a frustração clara em seu rosto.

— E você é um bom cafajeste, Merwin! Por que voltou? Devia ter ido embora de vez, você e suas moedas idiotas.

— Ei! Calma aí, gata! Não estrague o momento, pois você talvez não tenha outra chance.

Ela cruzou os braços e soltou um suspiro indignado.

Foi então que um tumulto irrompeu à nossa esquerda, onde as chamas haviam sido controladas a tempo de salvar algumas tendas.

— O que está acontecendo agora? — ela perguntou, olhando para o alvoroço.

— Mais confusão, pelo visto.

Corremos até o local e nos deparamos com uma cena chocante: soldados formavam um cordão de isolamento ao redor de um grupo numeroso de pessoas que confrontava um homenzinho frágil, visivelmente perturbado. Ele estava vestido com o que pareciam ser plumas chamuscadas de uma vestimenta ritual.

— É o sacerdote! — impressionou-se Lunaz.

Eu compartilhava de sua perplexidade, questionando como alguém poderia ter sobrevivido tão próximo ao núcleo de radiação onírica, um fenômeno perigoso que normalmente deixava apenas ruínas e memórias distorcidas em seu rastro.

— Nós o encontramos, meus filhos e eu, escondido entre os mortos — relatou o camarada corpulento, de juba negra e imponente. Sua aparência era a de uma fera majestosa, evocando a figura de um grande leão negro. Seus olhos penetrantes e alaranjados, com pupilas verticais, espreitavam sob as sobrancelhas marcadas, revelando uma ferocidade afiada. Vestia um peitoral de bronze, ornado com detalhes intrincados, que cobria seu torso musculoso e peludo. Ao seu lado, as crianças, um menino e uma menina, pareciam gatinhos bravios. Rosnaram para os guardas, demonstrando uma bravura que refletia claramente a influência de seu pai.

O homem-leão jogou um objeto no chão, que produziu um leve ruído metálico quando atingiu o solo. — Isso estava com ele.

— Uma adaga dos Enigromantes — reconheceu um militar de Fayrindor, surpreso — Por que um feiticeiro maldraco estaria liderando o ritual?

— Talvez vocês, fayrins, possam nos explicar — insinuou um soldado aldorino.

— O que quer dizer com isso? — o fayrin retrucou, defensivo.

— Manipulação! É disso que estou falando. Vocês orquestraram essa carnificina com os maldracos. Aquilo não era o fragmento sagrado; era uma arma! Desgraçados!

— Seu louco! Louco! — o fayrin rosnou, erguendo seu fuzil. A tensão escalou rapidamente, com aldorinos e fayrins armados frente a frente, até que um oficial, identificado pelo escudo da federação em seu uniforme, interveio.

— Baixem as armas! — ordenou, sua voz cortando a tensão. — Se houver traição, será investigada.

— Perdi minha barraca e quase todo o meu estoque — lamentou o aldorino magricela que vendia souvenirs coloridos. — Quem vai compensar essas perdas?

— Ninguém se importa com suas bugigangas agora, Groonby — disse um sobrevivente, visivelmente abalado. — Olhe ao redor; estamos em pedaços. Fomos todos enganados pelo sacerdote maldraco.

— Isso é verdade, ele é o verdadeiro culpado por essa tragédia — interveio uma senhora robusta, na casa dos sessenta anos, vestida com uma túnica e um xale colorido. Ela se chamava Mira e gerenciava uma barraca de comidas típicas de Aldorium — Não podemos deixá-lo escapar impune.

— De jeito nenhum! Seria como cuspir nas almas dos mortos! — gritou um indivíduo grande, obeso, de pele azulada, barba crespa e grandes olhos azuis. Ele era conhecido como Bardo, um poeta, músico e contador de histórias que animava os rituais religiosos. Trazia a tiracolo um instrumento musical chamado harmonitron. Já havia testemunhado um sujeito tocando um daqueles em Mamarossa. Tinha uma estrutura alongada, feita de uma liga de cristais ressonantes. A parte frontal exibia uma abertura ovalada, com uma série de cordas de energia vibrante.

Os presentes assentiram, alguns com expressões ferozes, apertando os punhos em sinal de concordância.

— Mantenham distância dele! — advertiu o oficial. — Vamos levá-lo sob custódia e interrogá-lo.

O que aconteceu a seguir foi tão repentino quanto aterrador. No meio da crescente tensão, o sacerdote levantou-se sem o auxílio da bengala. Com um movimento frenético, girou a cabeça de um lado para o outro, seus olhos erráticos emitindo uma luz selvagem. Tinha um sorriso estranho, rasgado, como se seus lábios se estendessem para além do rosto. Ficou assim por um momento, depois começou a gargalhar, uma risada pavorosa, gutural, quase como um rugido.

Um silêncio atônito se abateu sobre todos ao verem a transformação. Por um momento, duvidei de meus próprios olhos, pois o velho parecia mais alto. Suas pernas se estendiam e arqueavam para trás de maneira grotesca, assumindo ângulos impossíveis. Seu corpo, agora esguio e alongado, desdobrava braços desproporcionalmente compridos, terminando em mãos tridáctilas. Sua face se esticou, e dois olhos negros, frios como hematita, fixaram-se em nós de um pescoço que se torcia e estendia como o de uma serpente.

— Akenar! — a voz de um dos guardas rompeu a tensão, ecoando o nome em reverência. Ele se ajoelhou, largando o fuzil, e foi prontamente seguido por outros, tanto militares quanto civis.

— Akenar! Akenar! — o nome reverberava ao redor, em um crescente coral de devoção.

Lunaz lançou-me um olhar preocupado. Com uma mão firme, puxei-a para trás, protegendo-a com meu corpo enquanto avançava cautelosamente. Com a outra mão, saquei minha Magnum.357. Mantendo o alvo sob vigilância, liberei o tambor quase vazio e o recarreguei com precisão. O peso da arma em minhas mãos parecia a única coisa real naquele momento.

Nesse instante, a criatura moldou seu braço direito em algo grotesco e afiado, semelhante a uma cimitarra. O membro se alongou, tornando-se uma lâmina curva e brilhante. Com um movimento rápido e preciso, a arma cortou o ar em um arco mortal, encontrando o pescoço de um soldado desavisado. A lâmina perfurou a carne com facilidade, e ele tombou com a cabeça pendurada por um fio de tecido, uma visão horrivelmente persuasiva.

Antes que houvesse tempo suficiente para todos compreenderem o que estava acontecendo, minha Magnum .357 já havia falado. O projétil atravessou o ar e encontrou a testa do monstro com precisão mortal. No impacto, seu crânio se desintegrou em uma nuvem esverdeada, espalhando-se como poeira cósmica. Num piscar de olhos, o corpo imenso do monstro colapsou, desaparecendo completamente, evaporando como nevoeiro sob o sol matinal. Os sobreviventes ao redor ficaram atônitos, lutando para assimilar o desfecho abrupto. Um silêncio pesado e inquietante tomou conta do ambiente.

— Os espíritos proclamaram o poder do sangue. Estamos presos para sempre em maldição — lamentou Mira, sua voz carregada de resignação.

Cansado de toda aquela besteira religiosa, balancei a cabeça em desaprovação antes de levantar minha voz:

— Escutem bem, todos vocês! — exclamei, capturando a atenção dos presentes. — Isso não era nenhuma divindade, mas uma tulpa, provavelmente extraída do cérebro morto daquele feiticeiro. Este lugar está infestado delas. Precisamos de um plano para sair daqui quanto antes.

Um dos militares avançou, tocando o punho fechado em seu peito em sinal de cumprimento. Como todos os soldados, ele estava armado com um fuzil personalizado, equipado com luzes tácticas, lanterna e outros acessórios modulares, além de uma espada longa presa à cintura.

— Meu nome é Varian Althor, oficial representante de Eldorion na federação interdimensional — disse o militar. Como todos os soldados, ele portava um fuzil personalizado, equipado com acessórios modulares como luzes táticas e uma lanterna, além de uma espada longa presa à cintura. — Em nome de qual autoridade você se apresenta aqui?

— Eu não represento nenhuma autoridade, seja ela viva ou morta. Meu nome é Merwin, e eu falo apenas em meu próprio nome. Venho de longe, da quinta dimensão da Terra.

— Longe demais para compreender nossos costumes — desafiou Bardo. — Você pode parecer conosco, mas claramente não é um de nós.

— É verdade, sou diferente. Mas compreendo os perigos de mexer com o subconsciente cósmico. As crenças de vocês abriram um portal para uma dimensão de fantasmas, cheia de restos astrais — expliquei, tentando mostrar a gravidade da situação.

— Não conseguimos contato com a base de Ventúria dos Alabastros; nossos rádios estão mudos — interrompeu o comandante, preocupado. — Vou montar uma equipe para ir até a cidade. Precisamos de medicamentos e mais veículos para evacuar todos daqui.

Esbocei um sorriso irritado e tentei de novo.

— Escutem, vocês ainda não entenderam a situação. Esse lugar não é Eldorion, é apenas a carcaça de um sonho que nunca chegou a se formar completamente. Estamos presos no meio do nada, flutuando em um fragmento esquecido do espaço! E sim, isso é tão ruim quanto parece.

Um burburinho se alastrou entre os presentes, muitos exclamavam questionamentos e expressões de espanto.

— Talvez seja apenas um teste dos espíritos. Honramos quem somos e não vamos abandonar nossas tradições só porque as coisas se tornaram mais difíceis — disse Mira.

Nisso, uma gargalhada brutal reverberou entre nós.

— Deuses não são cães que vêm quando chamamos
— disse o homem-leão. — Vocês, eldorianos, são movidos pelo fanatismo cego, não abandonam suas crenças nem mesmo quando precisam enterrar seus próprios ossos.

— E quem é você para nos julgar? — retrucou um dos soldados, o rosto tenso de indignação.

— Sou o general Pangron, venho da quadragésima terceira dimensão de Thanides.

— Conheço a fama desse alienígena, comandante — disse outro militar, visivelmente surpreso. — Ele é um degredado, um terrorista, expulso de seu mundo por se rebelar contra sua própria dinastia.

— Isso é verdade? — Varian Althor questionou.

— Sim, é verdade — Pangron assentiu, os olhos ardendo em fúria. — Os fanáticos por esse seu deus, Akenar, propagam-se como uma praga. Seus malditos inquisidores queimaram minha esposa por honrar nossas tradições.

— Parece que trouxe seus problemas para cá, thaniense — disse o comandante, observando Pangron com cautela. — Trataremos de sua extradição mais tarde. Por ora, precisamos determinar se as afirmações de Merwin são válidas.

— Quem quiser pode ir lá ver — apontei na direção de onde eu tinha vindo. — Mas temos muito pouco tempo. Se não quisermos ficar presos aqui, precisamos alcançar a via interdimensional que passa pela extremidade norte do cânion. Estimo que ela estará acessível em menos de oito horas. Esse é apenas um cálculo aproximado; sugiro que partamos imediatamente. Se perdermos esse trem, o próximo só estará disponível daqui a cem anos na contagem terrestre.

— E os feridos? — perguntou Lunaz. — Muitos sofreram queimaduras graves. Como vamos transportá-los?

— Temos apenas quatro veículos grandes, não há lugar para todos — respondeu Varian Althor.

— Esqueçam esses moribundos, eles já eram! — exclamou Groonby.

— De certa forma, ele está certo — disse eu, com relutância. — Se tentarmos salvar todos, ninguém escapará.

— Perderam a razão? — Lunaz me encarou, indignada. — Não vou deixar ninguém para trás, e tenho certeza de que o Doutor Sarnath também não concordaria com isso.

Agarrei seu pulso, dominado pela frustração.

— Voltei por você, porra! Não me faça arrepender dessa decisão.

— Você não voltou por mim — ela retrucou, soltando-se. — Voltou porque não tinha para onde fugir com seu dinheiro queimado. Vá se quiser, mas ficarei para ajudar.

— Vai conseguir se matar se insistir com isso!

— Talvez seja, mas já tomei minha decisão.

— Droga! — em meu coração, eu sabia que o lucro não era mais meu único combustível.

Varian Althor ergueu a mão, pedindo silêncio.

— Escutem, a moça tem razão. Nossos soldados estão aqui para garantir a segurança de todos. Encontremos uma solução para os feridos.

Por algum motivo, todos me encaravam, como se aguardassem minha próxima reação.

— Quantos soldados ainda temos? — indaguei.

— Uma média de 400 aldorinos e 236 fayrins — respondeu o comandante.

Assenti, refletindo, e então a ideia surgiu.

— Talvez possamos considerar uma segunda opção.

— O que sugere? — perguntou o oficial.

— Inverter as prioridades. Os tanques poderiam transportar os mais necessitados: os doentes, feridos, médicos, enfermeiros e auxiliares. Para os idosos e crianças, podemos usar os veículos menores que escaparam do incêndio.

Um silêncio tenso se instalou, e todos trocaram olhares interrogativos.

— Tudo bem, mas e o resto de nós? — quis saber Bardo, quebrando o gelo.

Matutei mais um pouco, ponderando minha resposta.

— Faremos a travessia a pé.

A resposta provocou murmúrios de preocupação entre os presentes.

— E quem vai atravessar andando esse terreno cheio de assombrações? — protestou Groonby. — Eu não vou arriscar minha vida por um bando de moribundos.

— Nem eu! — concordou um civil dos fayrins.

Pangron soltou outra risada.

— Vocês, eldorianos, são tão covardes quanto ratos namazeus.

— Esses alienígenas abusam de nossa hospitalidade, insultam nossas crenças com seu comércio profano e ainda se acham superiores a nós — um aldorino exaltou-se, o dedo em riste.

Os ânimos evoluíram para uma confusão de vozes alteradas. Os soldados formaram uma linha defensiva, as armas em posição.

— Parem com isso! Calem-se! — Varian Althor tentava controlar a situação. — Se continuarmos assim, ficaremos sem comida e água. As reservas estão se esgotando. Vamos operar em duas equipes: uma para proteger a frota até o ponto de transição e outra para acompanhar quem vai a pé.

— Acho melhor irmos falar com o doutor — acrescentou Lunaz.

— Temos que ser rápidos. Não podemos perder tempo com burocracias — adicionei, impaciente.

— Ei, eu estou à frente desta missão — disse energicamente o líder. — Sou eu quem toma as decisões por aqui, está bem?

Limitei-me a um sorriso mal-humorado, balançando a cabeça em sinal afirmativo. Varian Althor apontou então para um dos militares.

— Você, mestre de vanguarda, qual seu nome?

— Al-Baz, senhor!

— Al-Baz, organize trezentos soldados para a caminhada. Garanta que encham seus cantis e carreguem o máximo possível de comida e munição. Comandarei a frota pessoalmente. Vamos nos mobilizar em frente ao hospital de campanha.

O subordinado aquiesceu com uma saudação resoluta, batendo o punho cerrado na couraça de couro em seu peito. Em seguida, retirou-se para cumprir as ordens.

Antes de executar nosso plano operacional, a guarda realizou um funeral sóbrio para o soldado caído, respeitando a tradição eldoriana que vê as lágrimas como desonra aos combatentes. Em seguida, ao chegarmos ao hospital de campanha, os soldados iniciaram a evacuação dos pacientes, começando pelos que podiam caminhar.

No meio do caos, com ordens berradas por todos os lados, encontrei Cyron empurrando uma maca. Ao seu lado, uma enfermeira manejava um soro verde ligado a um paciente.

— Precisamos falar com o doutor agora. Onde ele está? — interpelei, quase gritando.

A enfermeira me olhou assustada, tentando entender o que estava acontecendo.

— Está na barraca ao lado — respondeu Cyron. — O que houve?

— Explicarei assim que tirarmos todos daqui — respondi. — Temos que agir rápido se quisermos salvar essas pessoas.

— Impossível! — protestou a enfermeira. — Alguns estão gravemente feridos. Poderão morrer se não forem movidos cuidadosamente. Estamos aguardando as naves de resgate de Ventúria dos Alabastros.

— Então, ouça bem, porque houve uma mudança de planos — intervi com firmeza. — Agora somos o resgate. Informe aos militares onde encontrar mais suprimentos e remédios. Entendeu?

Ela acenou afirmativamente, ainda visivelmente abalada pelo medo.

— Que os bons espíritos nos protejam! — clamou a voz trêmula de Cyron.

— Fique tranquilo — disse Lunaz, colocando suavemente a mão no braço do garoto. — Vai ficar tudo bem. Vamos falar com o médico sobre como podemos cuidar dos demais.

Encontramos o homem-abutre na barraca adjacente. Seus dedos longos, finos e inquietos moviam-se com rapidez dentro da caixa torácica de um homem, que jazia desfalecido em uma maca. Quando nos aproximamos, ele levantou o olhar, e pude sentir, mesmo sem uma palavra, que ele estava ciente de nossa presença e do motivo de nossa visita. A criatura não falava o algarin, mas se comunicava por uma rara forma de telepatia.

Enquanto o médico tentava extrair um fragmento de meteoro do corpo do paciente, sua presença mental começou a se fazer em minha consciência. Em poucos segundos, ele projetou em minha mente um quadro alarmante da catástrofe.

— O que ele disse, Merwin? — perguntou Lunaz, ansiosa.

Decidi seguir a sugestão do Doutor e não revelei a ela toda a complexidade da situação; no entanto, tudo era muito grave. O número de mortos e desaparecidos só crescia, com muitos feridos em estado crítico e algumas pessoas em um sono profundo. Aqueles que estavam mais próximos à fonte de radiação sofreram danos mentais severos. Os que não enlouqueceram caíram em um coma do qual era improvável que despertassem.

Os leitos ocupados pelos adormecidos representavam uma ameaça silenciosa, atuando como incubadoras para a criação de matéria onírica potencialmente perigosa.

O médico, após remover um fragmento pontiagudo do peito do paciente, tentou sem sucesso estancar a hemorragia. O homem se contorceu de dor e logo jazia imóvel. O doutor, visivelmente desanimado, cobriu o corpo com um lençol e suspirou.

Logo depois, ele compartilhou comigo sua total consciência do poder que as tulpas podiam extrair dos adormecidos. A criatura telepata já havia eutanasiado muitos deles e me instruiu a levar Lunaz para longe, permitindo que ele terminasse o trabalho.

— Ele vai ajudar, mas pediu para ficar a sós um momento para prestar os últimos respeitos aos que não resistiram — continuei, enquanto Lunaz me observava, confusa.

— Por que ele só falou com você? — ela questionou, com uma expressão de desconfiança.

Dei de ombros.

— Vamos ajudar os outros — eu disse, tentando desviar o foco.

Por orientação do Doutor Sarnath, os militares recorreram a lançadores de chamas para incinerar os corpos, uma medida necessária para evitar que os cérebros dos defuntos fossem usados pelas tulpas para propósitos nefastos. Toda a operação nos consumiu um tempo considerável. Transferir os pacientes para um local minimamente adequado provou ser uma tarefa árdua. Conseguimos reunir trinta veículos menores, incluindo meu fusca, para completar nossa frota de resgate.

Os tanques aldorinos, vistos de fora, assemelhavam-se a enormes besouros rinocerontes. Por dentro, no entanto, cada um era espaçoso o suficiente para alojar dois pelotões. As poltronas foram convertidas em leitos, dispostos ao longo de um corredor central.

Seguindo outra recomendação do médico, vendamos os olhos de todos os pacientes para impedir que as tulpas acessassem seus pensamentos. A capacidade telepática do doutor ajudava a proteger o restante da equipe, neutralizando em parte os ataques desses espíritos.

Entre os equipamentos transportados na caravana, havia muitos óculos de proteção contra o impacto de estilhaços e outros tipos de partículas. Embora não tivéssemos garantias de que esses óculos também minimizariam os efeitos da radiação onírica, o acessório proporcionava uma sensação mínima de segurança.

Recebi um colete equipado com vários bolsos e compartimentos, surpreendentemente leve, que permitia movimentos ágeis. O capacete, embora não muito evoluído, também era leve, com uma estrutura básica de aço. Sua cúpula arredondada estendia-se para cobrir as orelhas e parte da nuca. Para encaixá-lo, prendi o cabelo em um rabo de cavalo apertado. Decidi manter minha faca de caça na bainha presa à minha coxa, pronta para qualquer eventualidade.

— Sabe manusear um destes? — indagou Al-Baz, entregando-me um rifle de tecnologia fayrin.

Ativei o painel de controle próximo à coronha, verificando os indicadores de energia e acionando o botão de ativação para energizar a arma. O sinal de inicialização gerou um suave zumbido eletrônico. A mira avançada, com seu visor holográfico e uma lanterna de alcance generoso, estava pronta para uso.

— Não se preocupe, sei como apertar um gatilho.

— Acredito que seja suficiente — ele sorriu e deu um tapinha no meu ombro.

Enquanto o líder se afastava para transmitir ordens aos subordinados, notei Lunaz se aproximando. Ela trajava o uniforme preto dos militares aldorinos e carregava uma maleta a tiracolo.

— O que pensa que está fazendo? — indaguei, lutando para controlar minha irritação.

— Vou com vocês, é claro!

— De jeito nenhum! Seu lugar é com o doutor esquisitão. Acho melhor entrar logo em um daqueles monstrengos mecânicos e cair fora daqui agora mesmo. Não quero ter que me preocupar com você, porra!

— Foi o próprio doutor que sugeriu que eu fosse. Cyron e eu nos voluntariamos para auxiliar os outros enfermeiros caso alguém se machuque. Trouxe comigo tudo que precisamos: instrumentos, ataduras, seringas e analgésicos.

O garoto também se aproximou, parecia inofensivo demais para carregar um fuzil pendurado no ombro.

Bufei de frustração.

— Melhor deixar isso aqui antes que cause um acidente — eu disse, pegando a arma de suas mãos e colocando-a cuidadosamente de lado. Depois, retirei meu revólver da cintura. — Veja, isto é uma Magnum.357, uma relíquia da quinta dimensão da Terra. Salvou minha vida inúmeras vezes. O mecanismo é simples — demonstrei como girar o tambor. — Tem oito tiros, mas para recarregar, é só ejetar os estojos e inserir novos. Assim.

Demonstrei rapidamente como fazê-lo e entreguei a arma para ele, com a cartucheira que eu usava como cinto.

— Sua missão é proteger Lunaz e garantir que nada aconteça com ela. Deixe que eu e os G. I. Joes cuidemos do restante, tudo bem?

Ele concordou com a cabeça.

— Mas o que significa "G.I. Joes"?

— É uma tropa de elite do meu mundo. Eles são muito bons.

— E você era um deles?

— Sim, claro que sim. Agora vê se não faz nenhuma besteira.

Cyron esboçou um sorriso desengonçado. Aquele garoto era muito esquisito.

— Fico contente que esteja conosco, Merwin.

Lunaz balançou a cabeça levemente, um brilho irônico nos olhos.

— É, eu também. Sem suas incríveis habilidades, nossa situação aqui seria bem mais complicada, Merwin — provocou ela.

No meio de nossa conversa, e para nossa angústia diante dos horrores do imprevisível, os motores começaram a acelerar em preparação para a ordem de partida. Cedi meu lugar no Volkswagen aos dois filhos de Pangron, um casal de fayrins idosos e um enfermeiro de mesma origem.

— Nico, garanta a segurança dessas pessoas até o ponto de conversão. Ative a blindagem e não pare por nada.

"Humano Merwin, o protocolo Giskard 0.46 me obriga a priorizar a proteção ao condutor acima de tudo."

— Esqueça os protocolos agora! Espere por mim do outro lado do portal. Se não chegar em seis horas terrestres, volte ao centro de Mamarossa e avise Giskard sobre a necessidade de reprogramação. Entendeu?

No início, o computador emitiu apenas uma série de cliques e zumbidos, como se hesitasse ou questionasse.

— Nico, você entendeu? — insisti.

"Entendido," veio finalmente a resposta em tom mecânico, mas feminino.

Minha velha companheira, o Volkswagen, seguiu a frota de gigantes rumo ao norte. Senti um aperto no peito ao vê-la sumir na distância, lembrando-me de todas as vezes que ela me salvou de situações impossíveis. Aquele pequeno automóvel carregava os últimos vestígios do meu passado, uma época tão distante que às vezes me perguntava se não havia sido tudo um sonho.

Lunaz deu uns tapinhas leves nas minhas costas.

— Não se preocupe. Nico nunca abandonou você, e não vai começar agora.

Virei-me e a encarei com o semblante sério, tentando esconder as lágrimas e recuperar o ar de durão.

— Acho que está na hora de irmos andando.

Os veículos deixaram para trás apenas o eco dos motores e uma nuvem de poeira provocada pelas esteiras de aço. Enquanto isso, memórias dolorosas ainda emergiam de minha mente, levando-me a desejar esquecer até mesmo meu próprio nome.

# CAPÍTULO 5

uando a frota finalmente desapareceu no silêncio opressivo do deserto, os militares iniciaram a marcha, prontamente seguidos por uma extensa fila de civis. Uma parte desses sobreviventes estava armada, carregando não apenas armas pessoais, mas também seus equipamentos de sobrevivência. Os soldados distribuíram cantis e as desagradáveis bisnagas de comida espacial, vitais para a jornada que nos aguardava. Além de mim, Pangron e o enigmático Doutor Sarnath, que havia partido com a primeira caravana, não me recordo de ter visto outros alienígenas entre os sobreviventes.

Por alguma razão desconhecida, a noite caiu antes do entardecer. As lanternas de longo alcance dos fuzis iluminavam uma estrada penumbrosa e corroída, que parecia se estender indefinidamente. Para minha surpresa, o caminho havia se transformado por completo, revelando um cenário completamente novo. Enquanto avançávamos, as sombras das rochas meteóricas tomavam formas monstruosas, semelhantes a trolls emergindo da escuridão, uma visão horripilante na contraluz.

Esse cenário assustador persistiu pelos próximos vinte quilômetros, até que a estranha névoa que nos envolvia intensificou seu brilho, transformando-se em uma espécie de energia plasmática. Os soldados posicionaram suas armas em prontidão, mas o que veio a seguir não era tão fácil de combater.

Se havia um portal para a insanidade, havíamos certamente cruzado seu limiar. De repente, a esterilidade do deserto noturno deu lugar a um caleidoscópio subaquático. Era como se estivéssemos caminhando sob as profundezas do oceano, cercados por cores flutuantes que lembravam plantas marinhas.

Cyron parou, seus olhos arregalados em pura surpresa.

— Sagrados espíritos, o que é isso? — ele murmurou, olhando para o alto.

— Isso é encrenca, garoto — respondi, observando uma estrutura gigantesca que se assemelhava a uma borboleta com asas diáfanas. Devia medir mais de três metros de ponta a ponta.

— É lindo! Olhem todas essas cores! — Lunaz exclamou admirada.

Pangron estava perto o suficiente para ouvir nossa conversa e parecia apreciar o fenômeno sem alterar sua expressão carrancuda.

— Parece que estamos em um ponto de convergência entre duas dimensões.

— É exatamente isso — concordei. — As tulpas estão esculpindo as memórias antigas deste mundo como um artista molda a argila.

— Vamos, sigam em frente! — gritava Al-Baz, sua voz cortando a fascinação coletiva. — Não parem! Continuem andando!

A bússola em meu relógio apontava rigorosamente para o norte, mas minha intuição sussurrava um alerta de perigo iminente. As tulpas podiam manipular a percepção de tempo e espaço, o que me fazia suspeitar que a distância até nosso destino se dilatava a cada passo.

Avançamos lentamente, com a nítida impressão de que os quilômetros se multiplicavam sob nossos pés. As cores acima de nossas cabeças flutuavam com um brilho cósmico e começavam a se inclinar para mais perto do solo, formando um teto de luzes ondulantes que pareciam vivas. Algumas pessoas murmuravam orações, visivelmente perturbadas pela beleza sobrenatural e pela ameaça velada que ela representava. Finalmente, o trajeto nos levou a um lago de águas cristalinas, sobre o qual pairava uma névoa amena e silenciosa. Lunaz parou, observando a água com um misto de curiosidade e receio.

— Parece segura para consumo — ela disse.

Sem dizer uma palavra, Pangron agachou-se à beira do lago e começou beber avidamente. Motivado por sua audácia, um grupo logo o acompanhou.

Lancei um olhar incerto para Lunaz e dei de ombros. Após uma breve hesitação, caminhei até a margem e me inclinei para beber junto aos outros.

Após saciarmos nossa sede, um cansaço avassalador trouxe consigo uma série de parâmetros perturbadores. Tristeza, desesperança e medo se misturavam com uma desorientação psíquica generalizada. Em meio a esse ambiente densamente onírico, que borrava a linha entre sonho e realidade, o peso do subconsciente coletivo ameaçava nos puxar para um abismo de ilusões sem fim.

Eu lutava para manter o equilíbrio, mas uma parte de mim se sentia irremediavelmente isolada, perdida nos terrenos ocultos do espaço, onde a lógica perdia toda sua força.

— Essa situação é uma completa loucura! — exclamou Groonby, apontando para Lunaz. — Vamos morrer aqui, e a culpa é sua!

Eu rapidamente me interpus entre eles.

— Calma aí, cara! Se encostar um dedo nela, arrebento seu nariz!

Ele recuou, murmurando impropérios.

— Você é um covarde, Groonby! — Lunaz respondeu com firmeza. — Um canalha traiçoeiro que só pensa nos próprios interesses.

O sujeitinho deu um riso sarcástico e balançou a cabeça.

— Parem com isso! — Al-Baz interrompeu. — Discutir não nos levará a lugar nenhum. Precisamos de cooperação para sobreviver.

Uma fayrin jovem se aproximou, visivelmente exausta.

— Senhor Al-Baz, não somos soldados treinados. Se não descansarmos, não sobreviveremos muito tempo.

Vários concordaram com murmúrios de apoio.

— Discordo — argumentei. — Estamos sob um ataque psíquico contínuo e pesado; se pararmos agora, podemos nunca mais acordar.

Al-Baz me olhou diretamente nos olhos.

— Lembre-se de seu lugar aqui, alienígena. Não preciso de sua opinião para comandar. Respeite nossa hierarquia ou enfrentará consequências.

Mostrei meu descontentamento com um cuspe ao lado.

— Tudo bem, chefão, mas quando as coisas piorarem, lembre-se de que avisei. Estamos todos em perigo aqui, não só físico, mas mental.

— Vinte minutos de descanso — decidiu ele, tentando acalmar os ânimos.

Bufei, frustrado.

A representação de tempo naquele lugar era mais abstrata do que podíamos conceber em horas ou minutos.

Por outro lado, o desânimo que se aninhava entre nós carregava um peso além do físico.

Sentado em uma pedra musgosa, a poucos metros do lago, busquei algum vislumbre de esperança nos semblantes ao meu redor. No entanto, o que vi foram feições marcadas pela fadiga profunda.

De repente, Groonby quebrou o silêncio.

— Ei, poeta! Por que não toca algo nesse seu instrumento para mudar nosso ânimo?

Um fayrin careca, de tez arroxeada, apoiou a ideia com um aceno de cabeça.

— Sim, talvez acalme os espíritos.

Bardo se acomodou numa pedra próxima e começou a dedilhar as cordas de seu harmonitron. As notas melancólicas e lentas vibravam nos cristais do instrumento, espalhando padrões de luz e sombra pelo ar, reminiscentes de constelações em movimento. Enquanto isso, um torpor inexplicável começou a me dominar. Lutei contra o sono que me invadia, mas fui vencido, cedendo a um cochilo repentino. A música parecia ascender acima das folhagens flutuantes, capturando meu subconsciente e me arrastando para o coração de um sonho.

Visões espectrais dos eventos que me trouxeram até aqui surgiram, reunindo-se em sua majestade perturbadora. Não eram meros sonhos, mas pesadelos recorrentes que me assombravam nos momentos de maior fragilidade, impactando-me profundamente. Essas visões me levaram de volta a um típico sábado à tarde, flutuando na fronteira entre a vigília e a sonolência. Naquela época, após ser submetido a uma série de avaliações psiquiátricas, acabei me enredando em uma rotina burocrática e asfixiante, imposta pela polícia carioca. Meus dias se arrastavam, frequentemente terminando em madrugadas solitárias, afogadas em álcool e ressentimento.

Nos poucos momentos de descanso de minhas atividades, o modesto lar em Saquarema tornava-se um refúgio. Na varanda, deitado na rede, sentia a brisa marinha acariciar meu rosto. Desde o desaparecimento de minha filha, eu raramente conseguia encontrar a sobriedade. Nos sonhos, vivia com a ilusão constante de sua presença.

— Você nunca se cansa disso, não é? — Raquel apareceu na porta, as mãos na cintura.

Tomei mais um gole de cerveja, ainda tentando esfriar a alma.

— Deve ser resquício do meu passado carente.

Ela não riu da minha piada seca e mal-humorada.

As visões que insistiam em me enlouquecer transformaram meu temperamento em uma bomba-relógio. Tudo o que eu amava estava se fragmentando. Meu casamento de mais de uma década estava em declínio, corroído por minha relutância em reconhecer falhas.

— Você pode vigiar sua filha enquanto faço o jantar? — sua pergunta me pegou de surpresa.

Na parte mais surreal do sonho, Juliette ainda brincava no quintal, equilibrando-se em uma bicicleta com rodinhas laterais.

— Oi, mamãe! Oi, papai! — seu aceno frágil e sorriso inocente atravessavam a distância de uma vida inteira.

— Claro, eu dou conta — não ponderei, apenas respondi casualmente, como se meu coração tivesse esquecido sua ausência.

Raquel se aproximou e depositou um beijo na minha testa.

— Você anda distante, Merwin. Tenho muito medo do que se passa nessa sua cabeça maluca.

— Não se preocupe, querida. Minha cabeça maluca só quer esvaziar algumas long necks.

— Tudo bem, então. Quando estiver pronto, eu chamo vocês.

Assim que ela saiu, um silêncio incomum tomou conta do ambiente, tão intenso que parecia que o tempo havia parado. O vento desapareceu, e nem um único som de pássaros perturbava o ar. Até mesmo as nuvens pareciam imóveis, aprisionadas em um tableau estático. Enquanto a quietude absoluta se estendia ao meu redor, meu coração batia acelerado contra o peito, prestes a explodir. A sensação era de que algo se aproximava.

— Papai! — o chamado repentino era mais um fio de voz do que um grito, quase um sussurro de outro mundo.

Levantei-me e examinei os arredores. Seu brinquedo repousava sobre a grama anormalmente quieta. Desci os degraus da varanda, um frio subindo pela minha espinha.

— Juliette! — chamei, mas só o vazio respondeu. Foquei no portão aberto e disparei naquela direção, cada passo ressoando como um sino solitário.

De súbito, um rastro de fogo esverdeado riscou o céu e atingiu a casa, explodindo contra o telhado e engolindo metade da estrutura em chamas. Retornei, tropeçando entre escombros para dentro da casa. Consegui chegar à cozinha antes de tudo desmoronar.

Então, mais uma vez, enfrentei meu passado na face de seu servo deformado. Ele estava lá, diabólico, tortuoso, projetando a horrível corcunda. Abriu a porta do fogão e tirou algo do forno. Um cheiro nauseabundo de carne queimada misturou-se à poeira dos destroços que caíam do teto.

O corcunda se virou para mim, segurando uma bandeja prateada pelas alças laterais. Olhou-me com seu sorriso escarnecedor antes de colocá-la por cima das bocas do aparelho.

— Está pronto — disse o monstro, removendo a tampa de papel-alumínio de uma bandeja prateada.

Não pude reprimir um grito de horror ao ver o conteúdo. A cabeça decapitada de Raquel chafurdava no próprio sangue, a carne se desprendendo do crânio. Os olhos saltavam das órbitas e pendiam dos nervos ópticos sobre a face cadavérica. Sua boca abria e fechava, emitindo uma sucessão de grunhidos agônicos. E, quando finalmente conseguiu falar, a voz devastada de minha pobre esposa gritou com toda a força:

— Acorde! Acorde, Merwin! Acorde! — o apelo emergiu do fundo de minha mente e assumiu tons menos remotos quando a vigília se impôs sobre o delírio.

— Acorde logo! — ouvi Cyron gritar.

Despertei com um sobressalto, o coração disparado, respiração ofegante, o frio do musgo contra minha pele misturando-se à transição do pavor. Cyron estava de pé ao meu lado, o revólver ainda tremendo.

— Esse bicho quase mordeu você; eu o acertei! — gaguejou o garoto. A criatura a que ele se referia estava morta a poucos passos à minha frente. Era uma espécie de lagosta com asas translúcidas de libélula e patas de caranguejo, aproximadamente do tamanho de um gato.

— E Lunaz? — balbuciei, ainda lutando para me agarrar à realidade, à medida que os detalhes do sonho se desvaneciam e o mundo real retomava seu lugar.

— Eu... eu não sei — Cyron gaguejou, os olhos tão perdidos quanto suas palavras.

Bardo estava caído a alguns metros atrás, à direita, com seu estranho instrumento ainda agarrado entre os dedos.

— Acorde o músico e esconda-se. Eu irei encontrá-la.

Com passos agressivos e o fuzil em riste, avancei em meio a um ambiente tingido de desespero. Estávamos cercados por uma miríade de horrores; seres de todas as formas e tamanhos, suficientemente reais para destroçar e matar. Insetos pavorosos e criaturas esguias com longos braços terminados em garras afiadas, além de monstros robustos de pele cinzenta, cujos rugidos ressoavam como trovões. Era como se o próprio inferno tivesse despejado suas abominações sobre a terra. Surgiam do lago, voavam e saltavam para cima de nós.

Tiros, gritos e rosnados enchiam o ar, formando um coro caótico de desespero. Os soldados formavam uma barreira desesperada, tentando proteger os civis das feras que surgiam de todos os lados. Um grupo de seis militares enfrentava um imenso quadrúpede de pelagem musgosa e densa, que lembrava um urso ciclópico com garras afiadas como cimitarras. As balas penetravam sua pele grossa, detonando em nuvens de vapor negro, mas a criatura implacável continuava seu avanço feroz. Já havia dividido um dos soldados ao meio e decapitado outro antes que eu pudesse intervir. Corri em direção ao tumulto e juntei-me à luta, descarregando meu fuzil várias vezes no monstro até que ele finalmente caiu.

— Você viu Lunaz? — gritei para um soldado ao meu lado, enquanto recarregava minha arma.

— A mulher que estava com você? Eu a vi indo para aquele lado — ele apontou brevemente antes de voltar sua atenção para outro atacante.

Mesmos tomados pelo horror, alguns civis mostravam resiliência e tentavam resistir com todas as suas forças. Os que tentavam escapar eram surpreendidos por ataques furtivos, resultando em mutilações e decapitações.

Continuei meu caminho sem olhar para trás, focando na única opção que restava: sobreviver. Foi então que uma espécie de vespa gigante, com asas que zumbiam como lâminas afiadas, investiu contra mim em um voo rasante. A pressão do ar, deslocado pelo rápido adejar da criatura, ajudou a impulsionar meus reflexos. Consegui me esquivar da investida do ferrão e, com um movimento fluido e determinado, apontei meu fuzil para o abdômen pulsante do inseto. O disparo foi preciso, e a criatura se desintegrou em um espetáculo de faíscas e fragmentos vaporosos. Um suspiro me escapou por entre os dentes cerrados, mas a tensão não permitiu que meu sangue se acalmasse nas veias.

O próximo ataque veio inesperadamente de trás, acompanhado de um som gorgolejante e estrangulado. Ao me virar rapidamente, deparei-me com uma figura horripilante: uma mulher de pescoço torcido em um ângulo bizarro, a cabeça pendendo grotescamente para o lado, os olhos esbugalhados exprimindo um terror mudo.

Ela era esquelética, sua pele pálida quase translúcida esticada sobre os ossos, e se movia com uma lentidão fantasmagórica. Certamente, um crime horrível que assomava à mente de um assassino.

Aquela aparição me fez hesitar. Ela emitiu um grito sufocado, erguendo os braços em minha direção. Então, um estampido violento ecoou, muito próximo, e a mulher caiu inerte, com a caixa torácica desfeita em um buraco fumegante.

— Ajude ou saia do caminho! — Pangron passou apressado, o fuzil ainda cuspindo fumaça de sua última ação.

Seguimos juntos, obedecendo a uma sincronia tática quase perfeita, orquestrada pela necessidade de autopreservação. Meu parceiro movia-se com agilidade e silêncio, como convinha a um caçador de Thanides. Eu cobria o flanco direito enquanto ele se encarregava do esquerdo.

Cada disparo de plasma soava como uma explosão sônica. Os inimigos emergiam da neblina que cercava o lago, numerosos e diversos. Incluíam insetos voadores do tamanho de morcegos, com padrões coloridos e formas ameaçadoras.

A maioria desses insetoides apresentava traços bestiais, mas não de forma consistente. Alguns tinham rostos com leves traços humanos, acrescentando uma camada extra de bizarria à cena. Dois desses tipos zumbiam acima de nós. Focando minha atenção neles, atirei e consegui atingir um. E estava prestes a disparar de novo quando ouvi Pangron gritar:

— Cuidado!

Ouvi um ruflar de asas às minhas costas e me agachei. Uma criatura enorme me surpreendeu com um voo rasante, quase me atingindo com suas patas de abutre. Plainou no alto e retornou para uma segunda investida. Ajoelhei-me na posição de atirador, mirando a cabeça do bicho, mas acabei acertando uma de suas extensas asas de morcego.

O monstro tombou com um estrondo, rolando por terra e lamuriando-se como um cão ferido. Levantou-se ágil e veio correndo em nossa direção. Pangron não teve tempo de recarregar a arma antes que o animal o derrubasse com um golpe de sua calda de crocodilo.

A besta voltou-se para mim com um ódio irônico nos olhos, pavorosamente familiar. Era o corcunda novamente. O maldito ampliava seu sorriso grotesco, exibindo duas fileiras de dentes afiados e uma língua bífida de serpente.

Eu me joguei de costas no chão no exato momento em que a fera saltou sobre mim. Alterei o seletor de tiro para o modo automático e apertei o gatilho com vontade. A rajada de plasma rasgou a barriga da criatura e me cobriu de vísceras fumegantes. Lutei para sair debaixo do corpo monstruoso e, quando me vi livre, empurrei-o para o lado com as pernas. A cabeça do corcunda ainda se mexia, virando-se abruptamente de um lado para o outro.

— Vamos matá-la, Merwin! — a monstro repetia sem parar, a voz estridente, os olhos arregalados brilhando malévolos para mim. — Vamos matá-la e comer o coração dela!

Com um tiro certeiro no crânio, Pangron finalizou as manifestações daquela quimera demoníaca. Depois, estendeu-me a mão e me ajudou a levantar.

— É amigo seu? — perguntou.

Bufei em resposta e chutei umas duas vezes o cadáver, como se pudesse matá-lo de novo.

O homem-leão virou-se e tomou a frente da caminhada. As aberrações oníricas estavam por toda parte. Os soldados contornavam o lago, atirando em qualquer criatura que voava, andava ou se rastejava. Alguns civis se encolhiam, amedrontados, enquanto outros lutavam como podiam.

Passamos por uma gárgula agachada, banqueteando-se com os restos de um infeliz que havia destroçado. Ela olhava para cima quando cruzamos o caminho, com sangue escorrendo de seus lábios. Tinha um sorriso sarcástico, bestializado, grudado na idade madura de um rosto felino. A porção demoníaca da criatura incluía asas de morcego e garras de águia no lugar dos pés.

Coloquei-a na alça de mira, mas Pangron esticou a mão para empurrar o cano de minha arma para baixo. Seu olhar alaranjado estava aceso, incrédulo, enquanto se fixava na fêmea de traços vampirescos.

— Olhe para mim, meu esposo! — disse a criatura, levantando-se. — Não se incomoda de me ver assim, sofrendo tanto?

— Lyara! — ele urrou, a voz cheia de dor. — Não pode ser! Vi você morrer!

— Por favor, abrace-me! Abrace-me! — implorou a gárgula, estendendo os braços.

Ele largou o fuzil no chão e se aproximou para receber o abraço. Foi então que ela arreganhou as presas e saltou para cima do homem-leão com as asas abertas. Sem hesitar, atirei bem no meio dos seios daquela coisa, provocando uma chuva de sangue e retalhos de carne queimada. O impacto fez o resto da criatura girar no ar e cair alguns metros adiante.

Pangron rugiu como um leão ferido e se lançou contra mim. Segurei o fuzil junto ao peito e tentei afastá-lo com um empurrão, mas a enorme compleição do thaniense me jogou de costas na terra úmida.

— Desgraçado! Você matou minha esposa! — ele fixava em mim um olhar desvairado.

O grandalhão conseguiu me desarmar sem muitas dificuldades. Travamos uma luta intensa, que quase esgotou toda a reserva de meu jiu-jitsu ruim. Em um esforço derradeiro, encontrei uma brecha para entrelaçar minhas pernas em volta do pescoço taurino de meu oponente. Puxei um de seus braços e apliquei um triângulo.

— Solte-me e lute comigo, terráqueo covarde! — gritava ele.

— Pare com isso, porra! Não é o que você está pensando — retruquei, aumentando a pressão no estrangulamento conforme ele se contorcia.

Mas antes que eu pudesse extrair do adversário alguma centelha de lucidez, outra gárgula, idêntica à primeira, atacou-nos com a rapidez de um falcão, agitando as asas furiosamente. Enterrou as garras no colete de Pangron e o arrastou pelas costas.

Aproveitei a brecha para pegar a minha arma. Enquanto substituía o carregador do fuzil, o renegado de Thanides se debatia ferozmente. Ele se livrou da bruxa e a segurou pelo pescoço, sufocando-a com toda a sua força. A mulher-demônio se contorcia, gargalhava e emitia sons horripilantes, como um espectro devorado pelo fogo do inferno. Por fim, caiu inerte e silenciosa.

— Tulpa maldita! — ele se levantou, ofegante.

Trocamos olhares desconfiados e, em seguida, prosseguimos. O cenário mudava novamente. Gradualmente, a paisagem de cores flutuantes desbotava, cedendo lugar ao vazio escuro do deserto. O que parecia ser um lago cristalino era, na verdade, uma vasta extensão de água pútrida e lamacenta. Carcaças das bestas que havíamos abatido afundavam lentamente nela. A entidade cósmica que projetara aquele palco de pesadelos, aparentemente, já não mais sonhava.

Ouvi gritos, gemidos de agonia. Acionamos nossas lanternas e apontamos o foco na direção do som. Agora tínhamos tudo que se poderia exigir de um cenário de guerra. Havia feridos, cadáveres e partes de corpos espalhados como pedaços de carne. Algumas tulpas malformadas ainda se dissolviam, levadas por um nevoeiro fantasmagórico de lamentações e cinzas.

Passei alguns instantes vagando por reflexões duvidosas, sem saber exatamente o que movia meus pensamentos. Na visão periférica, eu via vultos esfumaçados pairando em um ritmo ansioso, espreitando minha consciência em busca de matéria-prima para suas obras infernais. De súbito, a voz de Pangron me despertou.

— Desculpe — disse o guerreiro, meio sem graça. — De verdade. Você salvou minha vida.

— Tudo bem. Evite olhá-las diretamente nos olhos — respondi, parando e estendendo a mão em sua direção. Ele ficou me encarando, tentando entender.

— Vamos, cara, aperte minha mão! Não faça desfeita!

Pangron obedeceu.

— Ei, não tão forte! — soltei uma risada, sacudindo o braço.

— O que quer dizer esse gesto?

— Quer dizer que agora somos amigos.

Poucos metros acima de uma pequena elevação rochosa, encontramos Lunaz agachada diante de um corpo aparentemente desfalecido. Ela comprimia um ferimento profuso no abdômen de Al-Baz. O sangue, contudo, continuava a escorrer entre os dedos da moça. A face do militar havia adquirido uma palidez esverdeada, com os olhos azuis mortiços banhados em sombras. Estava morrendo.

— Não há mais nada que possamos fazer — ela se levantou, suas mãos tremendo e encharcadas de sangue. Ficou parada diante de mim, como uma criança assustada.

Ao meu lado, Pangron observava impassível, sem expressar nenhuma emoção.

— Seu líder está morto! — declarou ele friamente.

Revirei a mente em busca de algo para ocupar meu espírito, algo que me impedisse de imaginar cenários apavorantes. A atmosfera sombria ao nosso redor se encheu de lamentos e orações, mas nenhuma lágrima caiu.

# CAPÍTULO 6

Um dos militares se aproximou do corpo de Al-Baz. Ele trajava o uniforme do exército fayrin. Mantinha-se ereto, com o olhar firme, mas eu podia perceber uma hesitação fugaz em seus movimentos.

— As leis da federação são claras; e eu, Voryn, como o próximo na hierarquia, assumirei o comando deste regimento — ele ergueu o queixo, buscando transmitir confiança e autoridade.

Um dos soldados de Aldorius cuspiu no chão e riu cruelmente, sua expressão carregava a dureza de um veterano.

— Liderados por um fayrin, jamais! — rosnou ele, cerrando os punhos.

O primeiro militar que falou insistia em manter o posicionamento firme, parecia determinado a estabelecer uma conexão até mesmo com os mais céticos. Murmúrios de indecisão começaram a surgir entre alguns soldados, enquanto outros observavam com expressões inquietas e desconfiadas.

— E liderados por quem, então? — retrucou outro guerreiro de Fayrindor, a voz alterada pela impaciência. — Por nossos próprios egos e preconceitos?

Respirações ofegantes se entrelaçavam, delineando um campo minado de apreensão entre os dois grupos. Os soldados se encaravam, hesitantes. Senti o coração descer até o estômago. O desconforto era real, propício para evocar antigas hostilidades; no entanto, antes que eles transformassem a discussão em um banho de sangue inútil, uma voz pueril se manifestou.

— Ouçam, amigos! — Cyron tomou posição no centro, com urgência na voz. — Estamos num impasse e precisamos de um líder neutro, alguém desvinculado de nossas disputas.

O ambiente permaneceu inalterado, sem respostas. Os soldados se entreolhavam, confusos. Até que o garoto apontou para mim:

— Esse é Merwin, o Caveira. Vocês certamente já ouviram falar dele, mesmo que não queiram admitir. Ele viajou por várias dimensões e enfrentou as criaturas mais terríveis do multiverso. Foi membro dos G.I. Joe's, uma das tropas de elite mais poderosas de seu mundo. Não conheço ninguém mais qualificado para nos ajudar.

— Um alienígena mercenário? Interessante escolha, garoto! — disse Voryn, com um sorriso malicioso.

A ironia do fayrin provocou uma torrente de risadas. Alguns instantes depois, um militar alto, com nariz grande e olhos cinzentos, interveio:

— Não podemos esperar que um moleque aldorino siga nossos mandamentos sagrados.

Lunaz intercedeu:

— Cyron tem razão. A ideia não é tão absurda assim. Apesar de não parecer, Merwin é bastante astuto e consegue raciocinar com frieza sob pressão. Ele já enfrentou situações como essa antes, inclusive salvou minha vida e de outros. Confio nele para enfrentar esse tipo de coisa.

— Conheço histórias e lendas de guardiões alienígenas que mantinham a paz entre os povos — Cyron continuou, suas palavras brilhavam com uma sabedoria para mim inesperada —, e vejo em Merwin alguém que poderia fazer o mesmo por nós.

— Ei, calma aí! — protestei. — Ninguém vai querer saber minha opinião? Eu não vou ficar aqui ouvindo vocês leiloarem o meu rabo sem...

De repente, um fulgor intenso nos surpreendeu, acompanhado por um som assustador de trombetas. O céu assumiu uma tonalidade amarelada e se rasgou em uma fenda de fogo, libertando uma nuvem negra de horrores alados, pouco definíveis de longe. Aos meus olhos, aquelas coisas se assemelhavam a sombras esfumaçadas do tamanho de abutres. Chilreavam desordenadamente todos ao mesmo tempo, um cacofônico coro de pesadelos. O som era insuportável, um barulho infernal que rasgava os ouvidos e parecia vibrar dentro do crânio.

Sem lugar para se abrigar, os civis gritaram em pânico. Muitos se encolheram uns contra os outros, buscando uma proteção inexistente contra o desespero.

Todavia, tão subitamente quanto surgiu, a fenda se fechou na escuridão, e o bando de sombras aladas desapareceu em um voo fantasmagórico para o leste.

Não havia tempo para hipóteses, não havia tempo para se concentrar em nada além da sobrevivência. Minhas palavras reagiram antes que minha mente pudesse processar a situação.

— Tudo bem, vamos ao básico! — exclamei com vigor. — Formação de defesa! Preparem uma zona segura para as pessoas! Se aqueles bichos voltarem, não os deixem se aproximar demais. Protejam os civis! Pangron, vou precisar de sua experiência como general. Você será o segundo em comando. Está claro para todos?

Em resposta, os soldados prontamente ajustaram-se em suas posições, formando um círculo defensivo com fuzis apontados e prontos para atirar.

À medida que seguimos, a comunicação entre nós se reduziu a poucas palavras essenciais. Centenas nos seguiam, impossibilitando a contagem exata de vivos e mortos. Nesse contexto desafiador, Pangron assumiu a liderança prática no campo, distribuindo os rifles dos soldados caídos aos civis mais aptos. Ele os posicionou estrategicamente nas laterais da coluna, fortalecendo nossa defesa contra possíveis emboscadas.

Lunaz e Cyron levavam cuidados médicos aos nossos feridos, mas nem todos conseguiam andar. Os outros gritavam na escuridão, onde as tulpas necróforas soterravam os mortos e os moribundos.

O odor acre da desconfiança envolvia a mim e a Pangron. Os soldados eldorianos mantinham uma distância cautelosa, os olhares cheios de suspeita. Sabiam que eu e Pangron não seguíamos suas regras e, apesar da situação desesperadora, essa desconfiança era difícil de dissipar. A aceitação de nossa liderança não vinha de uma escolha voluntária, mas da urgência em sobreviver. Era evidente que nos toleravam apenas porque a necessidade superava o preconceito. Seguravam as armas com firmeza, e as conversas cessavam abruptamente quando nos aproximávamos. A tensão era concreta, e eu podia sentir os olhares constantes avaliando cada movimento nosso.

— Tenha cuidado, camarada. Nenhum destes nativos vai intervir a seu favor quando tudo terminar, a menos que você torne isso vantajoso para eles — disse Pangron enquanto caminhava ao meu lado.

— Você não sabe o que diz — rebateu Cyron, seguindo logo atrás.

— Sou responsável por minhas palavras, jovem aldorino! Seu povo me extraditará para Thanides, onde eu e meus filhos seremos executados. E o homem a quem você chama de líder acabará em uma prisão eldoriana, fétida e escura.

— Isso não vai acontecer, Merwin — insistiu Cyron. — O luminarca reconhecerá sua verdadeira dedicação, e sua coragem será celebrada.

— E como você pode garantir isso? — perguntei.

— Eu prometo. Dou minha palavra de que você e Pangron serão tratados com a honra que merecem.

O general e eu nos entreolhamos em silêncio, intrigados.

Prosseguimos então sob a claridade pálida de três luas vigilantes, sem descanso, acompanhados pela calma de morte de uma noite interminável. Depois de um longo tempo sem atingir o objetivo, os cantis e as reservas de bisnagas de alimentação começaram a secar. Os civis trouxeram comida em suas mochilas e a dividiram conosco, mas logo não seria suficiente. O deserto estéril não nos oferecia qualquer alternativa de sustento.

Marchamos por um oceano de eras escuras. Nossos pés doíam como se estivéssemos marchando sobre corais afiados. Estávamos esgotados pela sede e só podíamos continuar alguns quilômetros de cada vez.

Durante uma pausa para descanso, por algum motivo para mim inexplicável, um dos enfermeiros rasgou a própria garganta com um bisturi. Ele morreu em meio a terríveis estertores. Apesar de Lunaz ter feito de tudo para salvá-lo, nós somente pudemos assistir impotentes à sua agonia.

Mas isso era apenas o começo. No decorrer de nossa jornada, mais pessoas tiraram suas próprias vidas de maneiras igualmente horríveis e misteriosas. Soldados, civis, ninguém estava imune. Em minha teoria, a influência maligna das tulpas drenava a sanidade dos mais vulneráveis, exacerbando o medo e o desespero em suas mentes até que não restasse outra opção além da morte. Nossa confusão crescente forjava a energia dessas criaturas, que parasitavam nossos pensamentos para semear o caos.

Os eventos de autoeliminação deixaram um período de tensa quietude. Todos estavam calados e entristecidos. Por longos quilômetros, a única coisa que conseguíamos ouvir era o som de nossos passos no solo escarpado. Enquanto avançávamos, eu fixava o olhar nas trevas à nossa frente, tentando encontrar um sentido em nosso caminho incerto. Acima de nós, o céu parecia estar em guerra, com imensas nuvens de tempestade estalando em rajadas de eletricidade.

Em todo lugar ao nosso redor, surgiam colinas ameaçadoras. De vez em quando, uma figura sombria, escondida nas sombras do deserto, surgia de uma fenda rochosa, carregando nossos piores pesadelos. Embora os corpos das tulpas fossem etéreos, seus corações nebulosos eram pura maldade. Nunca testemunhei uma fome mais voraz do que a daqueles demônios, sedentos por devorar nossas almas.

Nessa batalha psíquica, minha mente tentava me afastar do presente e me lançar nos vales lúgubres do passado. Nunca fui bom em confrontar essas lembranças, mas precisava me agarrar ao agora para conseguir liderar. A resistência vinha também dos que sobreviveram aos ataques mais intensos das tulpas, fazendo com que o número de suicídios diminuísse consideravelmente.

Sem alcançar maiores resultados, o inimigo então adotou uma nova abordagem. Agora eu tinha certeza de que não queriam apenas nos matar de fome e sede; queriam se divertir espalhando demência e desespero. Quando o faro de Pangron nos fez desviar um pouco para noroeste, chegamos a um vale estreito, flanqueado por rochedos que se erguiam como sentinelas. No coração desse vale, encontramos algo diferente de qualquer coisa que tivéssemos visto antes. Uma fonte de água luminosa pulsava no meio do deserto, solitária. Tinha o formato cilíndrico e majestoso, erguendo-se como um pilar central de onde a água fluía verticalmente para cima, antes de cair para baixo, formando um véu luminoso ao redor de sua base. Abaixo dela, a água de acumulava em uma poça espelhada.

Parecia suficiente para matar a sede de todos, mas isso não impediu que todos se acotovelassem e pisassem nos pés uns dos outros para alcançá-la primeiro. O som dos corpos se empurrando e os gritos ansiosos ecoavam no ar. Estátuas de bronze ao redor, representando sátiros reptilianos, observavam com uma alegria sinistra, seus olhos metálicos brilhando à luz das três luas.

A água da fonte fluía incessantemente, parecia inesgotável, mesmo com a multidão sedenta se aglomerando ao redor. No entanto, por mais que bebêssemos, a sede persistia. Estávamos tão desesperados para nos fartar que demoramos a perceber o que realmente estava acontecendo. Então, tudo desapareceu. O oásis, a fonte, até as árvores ao redor — tudo se dissipou como um sonho.

De repente, fomos atraídos pelo som de risadas distantes, uma dissonância de vozes que soavam tanto iradas quanto estranhamente alegres. As malditas tulpas estavam se divertindo com nossa desgraça. E então percebemos que o deserto não havia nos ofertado água, mas areia salgada.

# CAPÍTULO 7

**D**epois dos últimos acontecimentos, os espíritos oníricos nos castigaram com um sol causticante. A vastidão do deserto se estendia até um horizonte estéril, sem qualquer sombra. O calor abrasador queimava nossa pele e a sede era insuportável. Muitas pessoas morreram de insolação; outras, de exaustão. As coisas só pioravam.

A escassez diminuiu nosso grupo ainda mais. Restavam poucos enfermeiros, que mal conseguiam cuidar de si próprios. Lunaz e Cyron se desdobravam para ajudar, mas muitos sucumbiram. Alguns perderam a sanidade sob a intensa pressão.

Um dos soldados colapsou e, em um ato desesperado, começou a disparar aleatoriamente. Ele tirou a vida de quatro de seus camaradas e seis civis antes de explodir os próprios miolos. O terror e o cansaço destruíam nossa resistência, abalavam nosso equilíbrio e minavam nossa capacidade combativa. E essa era, sem dúvida, a estratégia inimiga, pois logo tivemos de enfrentar um ataque direto.

Uma massa fervilhante de bestas demoníacas surgiu do nada, avançando sobre nós como um cardume de gigantescas piranhas voadoras.

— Atirem! Atirem agora! — eu gritava.

A fuzilaria lançou aos céus uma coluna de plasma flamejante, e então ouvimos gritos horríveis, estridentes, que ecoavam como os vagidos fantasmagóricos de uma multidão de almas perdidas.

Corpos incinerados começaram a despencar feito meteoros incandescentes. Algumas criaturas conseguiam desviar dos tiros e acabavam invadindo o nosso perímetro. Seus torsos pequenos e retorcidos eram como pesadelos concretizados, revestidos com uma pele hirta e escura. Asas acinzentadas, reminiscentes de alguma raça profana de anjos, estendiam-se a partir de suas costas, exalando uma aura de morte.

Os semblantes possuíam a rusticidade de uma cabra e a malevolência de uma entidade demoníaca, com profundos poços de escuridão no lugar dos olhos. Pequenos chifres negros e pontudos emergiam de suas testas, enquanto suas bocas enormes exibiam dezenas de dentes, mais parecidos com agulhas afiadas.

Apesar das características aberrantes, os braços e pés dessas criaturas eram surpreendentemente humanos, como se uma maldição as tivesse condenado a vagar entre dois mundos. Empunhavam longas alabarcas, cujas hastes ostentavam, em suas extremidades, lâminas afiladas em forma de machado.

Em um momento irrecuperável, alguns soldados permaneceram imóveis, atordoados. Isso nos custou uma carnificina horrível, que se propagou logo nos primeiros minutos.

O exército de diabretes se desdobrava em meio ao hediondo frenesi de rajadas, gritos e balidos estridentes. Mesmo ardendo em chamas, as criaturas avançavam sobre nós com um ímpeto implacável. Voavam em padrões erráticos, usando suas armas para retalhar e empalar suas vítimas.

Tomados pelo desespero, alguns civis tentavam escapar, mas acabavam surpreendidos por ataques traiçoeiros, cortados ao meio ou decapitados.

Meus olhos encontraram os de Pangron por um instante, tempo suficiente para vislumbrar em sua alma o peso de incontáveis e exaustivas guerras. Enquanto proferia violentas imprecações, o caçador de Thanides disparava implacavelmente seu fuzil. Sua habilidade sobressaía-se, tornando-o mais letal do que dez soldados comuns.

Muitos soldados seguiam a seu lado, fazendo a medonha horda de demônios explodir em chamas, como quimeras de um sonho ruim.

— Não temos onde nos esconder! — gritou um dos militares. — Eles podem nos atacar de qualquer direção!

De fato, o mundo havia assumido um panorama sem nenhuma estrutura definida. Era como uma tela em branco, pronta para receber os caprichos de um paisagista demente. Já não havia marcos, horizonte ou céu discernível. A paisagem era uma abstração caótica de formas mutáveis, onde cores incertas se contorciam, criando ilusões efêmeras.

— Fiquem firmes! Protejam os civis! — eu ordenava.

— Atirem! Atirem! Matem esses desgraçados! — completou Pangron com sua voz de trovão.

Os fuzis de plasma podiam vaporizar os inimigos com um único tiro; porém, as criaturas surgiam em uma quantidade inesgotável. Suas armas eram pêndulos letais, espalhando mutilação e morte por todos os lados. Em uma dessas investidas, vi meia dúzia daquelas bestas diabólicas retalhar as costas de um homem e se refestelar de seu sangue enquanto ele ainda gritava de dor.

Esse destino horripilante também atingiu Voryn, que arremessou o fuzil para longe e sacou uma faca longa da lateral esquerda de seu colete, lançando-se aos berros contra o grupo de seres infernais. Com um golpe preciso, decapitou um dos monstros, enquanto uma estocada certeira encontrou o coração de outro. No entanto, o ímpeto de Voryn o levou a um descuido fatal, e as lâminas adversárias acabaram se entrelaçando em sua carne, esfolando-o vivo.

Uma bravura inesperada parecia ter se apossado de Cyron. Seu corpo magro e ágil esquivava-se das alabarcas inimigas com a destreza de um felino, como se já tivesse enfrentado situações semelhantes antes. Disparava nos alvos mais iminentes, protegendo a si e a Lunaz. A Magnum. 357, em suas mãos, causava estragos devastadores, perfurando crânios e ventres monstruosos.

Ao ver minha cara de espanto, ele apenas deu de ombros e disse:

— É só instinto, eu acho. Veja, Merwin! O que é aquilo? — gritou o garoto, apontando para o alto.

Minha atenção convergiu para uma fenda aberta no céu e, por entre a cicatriz no tecido celeste, insinuava-se uma esfera colossal, irisada em tons de pesadelo. O olho do sonhador, o arquiteto daqueles horrores, observava sua criação como um gigante espiando através do buraco de uma fechadura.

— Soldados, alvo no visor, miras travadas na fenda! Preparem a salva, todos juntos!

Os guerreiros ergueram as armas sem hesitação, os fuzis rugindo com o prenúncio de relâmpagos contidos.

— Fogo! — o comando desabou como uma tempestade.

Ferido pelo assalto coordenado, o olho do observador convulsionou e explodiu com a estridência de mil trombetas — um clarão cósmico de luz e violência.

Quando nossa visão retornou, o sol causticante havia desaparecido, e o silêncio noturno e sobrenatural das três luas estava de volta. Os monstros sumiram como fantasmas, deixando para trás apenas as sombras da batalha e a visão dos que nunca mais se ergueriam. Corpos de homens e mulheres jaziam dispersos sobre um chão saturado de vermelho-escuro, um tapete de memórias ceifadas abruptamente.

Enquanto ainda vagueava sem rumo pelo terreno desolado, tentando compreender a devastação ao meu redor, ouvi os gritos angustiantes de Lunaz:

— Ajudem... ajudem aqui! Ela está sangrando muito! Rápido, ajudem!

A pobre senhora Mira, uma das mais velhas do grupo, agonizava em seus braços, o longo vestido encharcado de sangue. Sua barriga fora perfurada por uma das armas pontiagudas dos monstros. Outros enfermeiros correram para ajudar, mas seus esforços foram em vão.

— Não temos tempo para enterrar os mortos, mas vamos tentar ajudar os feridos — eu disse, buscando uma centelha de calma dentro de mim. — Espalhem-se e verifiquem se ainda há alguém vivo.

A batalha havia reduzido drasticamente nosso número, deixando apenas uma fração de nós para contar a história, incluindo alguns enfermeiros e militares. Isso sem contar os gravemente feridos e mutilados. Esses últimos estavam horrivelmente desfigurados, exibindo os sintomas de uma estranha doença que os médicos da nona dimensão de Yuggoth chamavam de algo impronunciável em Algarin ou em qualquer língua humana. Em muitas dimensões, suas vítimas são conhecidas como "arbolianos".

Os sinais da enfermidade, contudo, eram claros. As tulpas, em sua busca incessante por controlar cada ser infectado, não faziam distinção entre feridas físicas e tormentos mentais. Assim, os membros amputados eram preenchidos por crescimentos grotescos, como raízes de árvores retorcidas. Bastava a perda de um único dedo para que a aflição se espalhasse, transformando a carne saudável em um labirinto de tecidos doentes e deformados.

Groonby era um dos que choravam essa sorte infeliz. Havia fraturado a espinha e perdido parte da perna esquerda, abaixo do joelho. Os enfermeiros usaram as próprias calças do paciente para improvisar um torniquete e estancar a hemorragia, mas logo o membro amputado começou a se modificar. O grande ferimento tornou-se um terreno fértil para crescimentos fibrosos, que emergiam do coto, com várias ramificações fixando-se ao solo.

Em pouco tempo, o pobre vendedor de bugigangas coloridas foi se transformando em uma árvore seca. Seus galhos, antes membros humanos, contorciam-se em agônicas espirais.

— Não podem fazer isso! — ele urrava enquanto seu corpo se metamorfoseava em algo não humano. — Vão nos deixar apodrecer aqui, seus desgraçados! — Seus gritos ecoaram por longos instantes, carregados de desespero e dor, até que sua voz finalmente se calou, presa em sua nova forma.

Arraigado na solidez da terra, Bardo também estava entre os enfermos; mas, ao contrário de muitos, ele não implorava por salvação. Seu instrumento jazia aos seus pés, que agora eram pavorosas raízes pulsantes. Ele não conseguia pegá-lo.

— Ajude-me a partir tocando uma última canção, por favor — ele disse quando eu me aproximei.

Recolhi o harmonitron e entreguei a ele.

— Sinto muito, meu amigo.

Ele aquiesceu com um sorriso triste e, com dedos trêmulos, mergulhou em sua melodia melancólica.

Aquele era um castigo terrível, cuja carne se tornava as paredes de um cárcere perpétuo.

— Salvem-nos! — ouvi uma voz feminina gritar atrás de mim. — Não nos abandonem aqui, por favor!

Olhei ao redor, desesperado, em busca de alternativas, mas sem êxito. Nenhum recurso médico seria suficiente para atenuar um mal tão terrível. O único que os enfermeiros tentaram arrancar do solo sangrou até morrer. Continuar seria inútil; nosso tempo se esgotaria muito antes de chegarmos perto do ponto de convergência. Disso, eu tinha certeza. Assim como eles, ficaríamos presos para sempre naquele pedaço de pedra flutuante, sem água, sem comida, sem esperança.

É claro que o extremismo da situação atingiu Lunaz com a força de um tsunami.

— Não, não, isso não pode estar correto — sua voz tremia de aflição. — Ficarei aqui para ajudá-los, é meu dever. Tenho certeza de que Akenar virá em nosso socorro!

— Essas pessoas já estão condenadas — lamentei. — Você realmente acredita que algum deus se importa com nossos problemas?

Ela respirou fundo, desolada.

— Mesmo que a gente não consiga salvar todos, eu ainda acho que devemos tentar — Não havia convicção em sua voz.

— Se fizermos o que está sugerindo, não só eles, mas todos nós morreremos. Você sabe disso.

Lágrimas escorreram devagar por seu rosto. Secou-as com a mão e olhou para Cyron, que assentiu com a cabeça em concordância.

Um pouco mais adiante, a vibração das tulpas pairava sobre a floresta de moribundos, sugando o que ainda lhes restava de sanidade. Estremeci, impaciente. Era perturbador, eu tinha de admitir, mas nosso tempo se esgotava.

— Não podemos deixá-los assim — disse Lunaz finalmente, com uma tranquilidade melancólica na voz. Abriu a maleta e retirou uma espécie de ampola.

— O que é esse líquido? — perguntou Cyron, a curiosidade misturada com apreensão.

— Acônito de Verdentia. O Doutor Sarnath me orientou a usá-lo em casos como esse. Basta uma gota para uma morte asséptica e indolor. Cada frasquinho deste é suficiente para vinte pessoas.

— Que decidam eles então os próprios destinos — disse Pangron, que observava a cena com ar taciturno.

Depois das palavras do homem-leão, começamos a recolher dos mortos tudo o que era necessário — comida, água, remédios, armas e equipamentos. Meu impulso era de seguir viagem imediatamente, sem vacilar, mas os lamentos daqueles que precisavam abandonar familiares e amigos àquela horrorosa condição me atingiam profundamente.

Muitos ainda se decidiam entre a partida e a permanência. Embora eu desejasse convencê-los a seguir adiante, para alguns, a ideia de viver sem a presença de seus entes queridos era mais atroz do que a própria morte.

Lunaz entregou algumas ampolas a um jovem aldorino que havia decidido ficar com sua mãe enferma.

— Diga a todos para não desistirem ainda. Voltarei com ajuda.

Ele meneou a cabeça em sinal afirmativo.

Sem uma palavra, ajustamos nossos equipamentos e seguimos em frente, impelidos pelo rastro das três luas. A música de Bardo nos acompanhou por um tempo, como um lamento lúgubre e distante que refletia a dor de nossas escolhas. A angústia dos últimos eventos era difícil de dissipar, mas a maioria de nós estava convicta de que não poderíamos ter agido de outra forma.

# CAPÍTULO 8

**N**os quilômetros percorridos desde que deixamos para trás os acordes tristes do poeta, traçamos um caminho por um cenário primitivo, escuro e desolado, onde silhuetas ou relevos eram escassos. Olhando para o alto, a eternidade se mostrava em um movimento lento e giratório, povoada por estrelas, constelações e satélites naturais.

As distorções de espaço-tempo comprometiam nossa capacidade lógica. Era impossível nos enquadrarmos em uma unidade cronológica segura, tanto que questionávamos constantemente nossa posição dentro das coordenadas de passado, presente e futuro.

Em tal realidade deformada, prever se as horas virariam semanas, meses ou anos era uma tarefa inviável. Se Nico estivesse conosco, talvez pudesse calcular a distorção temporal em relação à realidade terrestre e estimar o tempo restante. Teríamos um cálculo aproximado da quantidade de tempo que ainda nos restava.

A impressão era a de que nossa caminhada de menos de um dia havia se transformado em uma jornada noturna interminável. Já havíamos coberto uma quantidade austera de quilômetros sem repor água e comida. Nossas reservas minguavam cada vez mais. Verifiquei meu último cantil, sacudindo-o perto do ouvido. Ainda tinha um pouco de água. E tudo o que me restava de alimento era uma bisnaga e meia.

— Tem certeza de que sabe para onde estamos indo? — Pangron perguntou, caminhando ao meu lado.

— É claro, é claro! — respondi, tentando passar o máximo de confiança possível.

Ele me dirigiu um olhar inquisitivo, como se estivesse me desafiando.

— Não esquenta, amigão! — dei-lhe um pequeno tapa no braço e sorri amigável — Diga-me uma coisa: como é o seu mundo?

— Era um lugar bonito, repleto de vida. Mas agora... agora é frio, nevoento e cheio de ruínas. Meu mundo está doente há tanto tempo, que a dor se tornou nossa companheira constante. As feridas são marcas de honra, sinais de uma nobreza que só os mais fortes conseguem carregar.

Eu já tinha ouvido falar de um planeta de guerreiros ferozes, cuja linhagem remontava a felinos ancestrais. Dizem que a sociedade de Thanides é rigidamente hierárquica, com códigos de honra baseados nas habilidades de combate. Um mundo de perigosos implacáveis, com vastas planícies, florestas melancólicas e pirâmides povoadas por antigos espíritos do mal.

— Não parece muito amistoso para umas férias, não é?

— O que são férias? — ele perguntou com uma expressão séria.

— São apenas rituais religiosos sem importância, esqueça!

— Não se importa com o seu deus? — a expressão dura do guerreiro ganhou traços de espanto. — Ele é um deus ruim?

— Para a maioria das pessoas da minha terra, ele vive dentro de um livro. Meu deus é como o clima de seu mundo: imprevisível e indiferente. Na maioria das vezes, é melhor não esperar muito.

— Os deuses do multiverso habitam os lugares mais enigmáticos, nas sombras do medo, nas profundezas do sofrimento, na tensão da espera e na chama da coragem, e não nas palavras escritas. Alguns os encontram em preces, outros ao contemplar as estrelas, os sonhos, ou mergulhando no frenesi da guerra e na proximidade da morte. Akenar é um deus cruel. Quando eu estiver diante dele, vou matá-lo como a um cão.

— Isso soa bastante pessoal. Por que tanta raiva contra Akenar?

Os olhos do homem-leão se estreitaram.

— Akenar não é o deus de Thanides. Ele veio de Eldorion, trazendo sua inquisição e destruindo nossas tradições. Seus seguidores levaram minha esposa. Eles a queimaram viva, acusando-a de praticar nossa antiga religião.

— Isso é horrível, Pangron. Sinto muito.

Sua expressão tornou-se ainda mais dura.

— Eu era general em Thanides. Quando vi minha esposa ser sacrificada no altar de um deus alienígena, algo dentro de mim se quebrou. O fanatismo de Eldorion tomou conta de meu povo, destruindo nossas próprias crenças, nossos próprios deuses.

— Então, você se rebelou?

Ele assentiu com firmeza.

— E fui exilado por isso. Lutei contra a tirania de Akenar, contra a perda de nossa identidade. Se não lutarmos por aquilo em que acreditamos, mesmo diante de deuses e tradições impostas, então não somos nada além de folhas vagando ao sabor do vento.

— O ódio é um fardo pesado de carregar. Espero que encontre a paz em sua busca, amigo.

O homem-leão esboçou um meio sorriso, porém triste.

— Não luto por ódio, camarada, mas pelos rostos dos amores e amizades que não posso esquecer. Um dia poderei ver Thanides recuperar seu coração. Até lá, combaterei para que nossa verdadeira essência não seja apagada.

Havia algo nobre e trágico nele, uma combinação de força e melancolia que me lembrava os antigos samurais que eu via retratados em filmes e lendas japonesas.

A comparação me fez refletir sobre nossa própria jornada, onde, conforme seguíamos adiante, nossos passos pareciam se integrar ao universo insondável. Caminhamos durante um período longo e ininteligível, com auras traiçoeiras analisando nossos pensamentos. Nem mesmo o meu pessimismo tinha noção do quão imensurável eram as proporções daquele pesadelo.

Por fim, nossas lanternas avistaram um conjunto de contornos escuros, que se elevavam a uma distância aproximada de cem metros. Chegamos então ao que julguei ser um templo muito antigo, quase completamente preservado. Erguia-se em um plano de pedra escura, acessado por uns vinte lances de escada.

Duas colunas robustas, decoradas com símbolos intrincados e misteriosos, flanqueavam o grande portal de uma entrada sem porta, tão escura quanto o abismo externo do planeta.

— Tulpas! — conjecturou Pangron, como se tivesse pensado em voz alta.

As pessoas se mantiveram um pouco afastadas, apreensivas. Eu me adiantei e subi as escadas com as pernas tremendo, tentando não imaginar nada. Alcancei um dos pilares e, com cuidado, pousei a mão sobre sua textura fria.

— Não, isso é real. Estão vendo essas inscrições? Conheço essas marcas. Um amigo em Mamarossa me mostrou uma vez. É de um culto reptiliano de um mundo chamado "Planeta Materno". Isso deve estar aqui há milênios. Preciso de quatro soldados comigo. Pangron, você também!

Dois militares prontamente se apresentaram, seguidos por mais dois, enquanto Pangron já guarnecia as minhas costas.

— Eu também vou — voluntariou-se Cyron.

— Se damos valor às nossas vidas, o melhor a fazer é partirmos agora — alertou Lunaz.

Eu concordava, mas minha curiosidade é uma coisa terrível; uma vez acionada, torna-se um mecanismo sem freio e sem engrenagem. Mal avancei três passos para o interior da construção, pude ouvir um farfalhar ao redor, como se alguém pisasse em folhas secas, acompanhado de estalidos perturbadores.

Então, as lanternas revelaram amontoados de insetos de exoesqueletos marrons, que lembravam baratas comuns da Terra, excetuando-se pelo tamanho três vezes maior. Fervilhavam pelo solo e pelas paredes, um mosaico caótico de pedras, destroços e superfícies desgastadas.

À medida que carapaças repugnantes estouravam sob as solas de nossos coturnos, a luz titilante dos fuzis abarcava as colunas de sustentação do templo. De um dos cantos da sala, algo mais chamou nossa atenção. Ouvimos o som distinto de água fluindo, jorrando de uma fenda no piso. Parecia impossível, mas estava lá: uma fonte de água pura brotando do chão. Eu me ajoelhei e deixei o líquido correr por minhas mãos, sentindo a refrescante correnteza. A sensação de alívio foi imediata. Era suficiente para saciar a sede de todos, como se os espíritos, apesar de toda a sua zombaria, quisessem nos dar uma chance de lutar.

Nada disso, porém, era tão impressionante quanto as estátuas de madeira de ídolos reptilianos em tamanho real, que nos observavam com perturbador interesse. Estavam dispostas sobre o altar de pedra, como fiéis passivos e silenciosos, enquanto legiões de insetos povoavam seus olhares barrocos.

Foi então que percebi estar diante de um santuário meticulosamente elaborado, onde os fios da realidade pareciam tecidos com extrema delicadeza. Nesse instante, ressoou em minha mente qual seria a origem dos ídolos ali presentes, evocando uma sensação de terror ao presumir sua possível utilidade.

— O que será que esses insetos comem? — perguntou um dos soldados, desviando minha atenção.

Em resposta, Pangron agarrou uma barata que se aventurava pela parede e meteu o bicho na boca.

— Quem se importa? É proteína — declarou ele, recebendo nossos olhares enojados como se fossem elogios.

— A proposta não é ruim, mas podemos tornar o alimento menos repulsivo — sugeriu Cyron. — Se for para comer isso, que seja de forma civilizada. Vamos ao menos tentar manter a dignidade.

— Não se preocupe, garoto. Ninguém vai ferir nossas boas maneiras enquanto comemos baratas. Vamos preparar o menu da melhor maneira possível — conclui. — Aqui tem o suficiente para alimentar todos nós. Podemos usar a madeira daquelas estátuas para acender uma fogueira e preparar o banquete real.

— Isso pode nos trazer mau agouro. São imagens sagradas — advertiu Cyron.

— Sagradas para quem, eldoriano? Para você? — rebateu Pangron.

O garoto encarou o homem-leão, intrigado.

— Como ainda consegue lutar, sabendo que tudo pode nunca mudar? Que Thanides pode nunca ser a mesma?

— Nós, de Thanides, nunca medimos sucesso pela sobrevivência, mas pela bravura com que enfrentamos nossos desafios.

Diante da divagação do general, Cyron ficou sem palavras, talvez pensando que Eldorion não fosse o farol de virtudes que todos idealizavam.

Aproveitei o silêncio e avaliei a escuridão. Além de nós e dos insetos, nada mais se movia.

— Um deus que abandona sua gente não vai se importar com esses bonecos de madeira — conclui.

Empilhamos os ídolos do lado de fora da edificação. Cyron pegou um pacote de fósforos do bolso de seu colete, riscou um e jogou na pilha. O fogo começou a devorar as imagens como palha seca. Nesse exato instante, um odor penetrante de enxofre, misturado com o cheiro de carne queimada, saturou o ar.

Com a devastação, milhares de insetos menores abandonaram suas hospedagens de madeira. Ouvimos então um clamor angustiante, que entrecruzava lamúrias com gritos de dor e frenesi.

O que vimos depois não era tão fácil de descrever. Ficamos paralisados, sem conseguir mobilizar qualquer reação para expressar nossa admiração.

Manifestaram-se no ar figuras etéreas, dançando como véus de neblina até se solidificarem. Eram entidades espectrais, com formas translúcidas. Aqueles espíritos pertenciam naturalmente àquele local isolado, onde a fronteira entre os planos era sutil e tênue. O céu noturno parecia ter sido concebido especialmente para recebê-los.

— Ah, pelo Senhor das Estrelas. É lindo! — disse uma mulher fayrin de voz rouca.

E, de fato, o fenômeno desdobrou-se em um espetáculo deslumbrante, semelhante à aurora boreal, com cortinas de luz dançando no céu noturno. Era tão extraordinariamente belo que levou os eldorianos a entoar uma calorosa oração, um canto rítmico e vigoroso, que se elevou em harmonia com o brilho celeste.

— Quem são eles? — admirou-se Cyron, quase sussurrando.

— Não faço ideia, mas acho que acabamos de libertálos — respondi.

Após esse incidente, capacetes de aço se tornaram panelas para fritar insetos. A comida não era tão ruim; pelo menos, para o meu paladar nada crítico, tinha gosto de tanajura assada.

Enquanto muitos se reuniam ao redor da fogueira, ouvindo o crepitar e estalar das baratas nas chamas, alguns civis se acomodavam para dormir ali mesmo, envoltos em seus cobertores.

A figura imponente de Pangron caminhava entre os soldados, ajustando equipamentos e conversando com os combatentes eldorianos. Seu porte feroz e determinado inspirava confiança naqueles homens, muitos dos quais olhavam para ele com admiração e respeito. Cyron o acompanhava com um interesse discente e, diante do ar taciturno do general, o garoto quase falava sozinho.

Lunaz sentou-se ao meu lado. Ela deu uma mordida em um dos bichos, que explodiu em sua boca, liberando um fluxo de gordura amarelada sobre seu queixo.

— Argh, que nojo! — disse a garota, tampando a boca com as mãos.

Soltei um riso.

— Você se acostuma.

Todos conversavam e gesticulavam com uma animação triste; alguns até se drogavam. Enquanto teciam um laço de confraternização entre condenados, eu sentia as sombras ao nosso redor prendendo o fôlego, prontas para se manifestarem a qualquer momento.

— Está quebrando suas próprias regras — comentou Lunaz.

— Por que diz isso?

— Estamos perdendo tempo demais aqui.

— Não existe mais tempo aqui, gata. Tudo está se transformando ao nosso redor. Olhe o seu relógio, está parado desde o primeiro minuto que abandonamos os doentes. Todos os aparelhos estão assim. As bússolas enlouqueceram, e até mesmo as estrelas se comportam de maneira estranha. A verdade é que eu não tenho a menor ideia em que direção devemos seguir.

— Você já contou isso para alguém?

— Não, não quero criar expectativas ruins. Espero que os outros tenham conseguido atravessar o portal.

— Acredita que eles voltarão para nos resgatar?

Dei de ombros e perguntei:

— Depois de nosso último encontro, antes de toda essa loucura começar... o que aconteceu com você?

Ela olhou para o nada, pensativa.

— Muita coisa mudou, Merwin. Quando nos separamos, achei que minha jornada como enfermeira me levaria de volta para casa. Mas a realidade foi outra. Eu e Aluha ficamos presos entre as dimensões, cuidando de viajantes feridos e aprendendo sobre as doenças de mundos que nem sabíamos que existiam.

— Deve ter sido uma experiência e tanto.

— Foi mais do que isso. Vi o sofrimento e a esperança entrelaçados tão de perto que comecei a entender o verdadeiro peso do meu trabalho. Não se trata apenas de curar feridas físicas, mas de restaurar a esperança onde ela está perdida. Em muitas ocasiões, os sofrimentos que carregamos vêm do coração e da mente, e uma esperança renovada pode ser o início da cura. Existem aflições que demandam paciência, tratamento contínuo e uma presença constante para a verdadeira recuperação acontecer.

Ela me olhou com ar preocupado e, em seguida, continuou:

— Sua alma está doente, Merwin. Você precisa de ajuda. O desaparecimento de sua filha, as excessivas transposições dimensionais, todos os horrores que presenciou. Uma hora ou outra, tudo isso vai acabar com você. Precisa parar, precisa descansar. Sabe disso!

Dei um aceno de cabeça respeitoso.

— Você sempre teve essa capacidade de enxergar além do óbvio. E agora, o que planeja fazer com tudo o que aprendeu? — tentei desviar de assunto.

— Planejo usar esse conhecimento para melhorar as técnicas de cura em Aldorius. Quero ensinar aos médicos o que descobri. Mas primeiro, precisamos sair daqui.

— Quando você erradicar todos os males, Eldorion vai ficar tão lotado que não sobrará espaço nem para as tulpas.

Rimos juntos.

Seguiram-se alguns minutos de silêncio, o crepitar da fogueira acompanhando o ritmo dos nossos batimentos cardíacos. Não havia constrangimento entre nós, mesmo quando estávamos calados.

— Vamos sair dessa, gata — eu disse finalmente. Não é a primeira vez que fazemos isso, não é?

— Definitivamente não — ela sorriu. — E você? O que tem feito?

— Continuo por aí, entre portais quebrados e estrelas dançantes, procurando confusão e zoroastros. Mas, honestamente, acho que encontrei mais encrenca do que zoroastros desta vez.

Ela riu, balançando a cabeça.

— Você nunca muda, Merwin.

O sorriso de Lunaz era iluminado, brilhante, mas com um potencial doloroso de desaparecer no horizonte.

Queria estar perto dela para protegê-la, mesmo sabendo que estava jogando com as chances de um destino que ela merecia evitar. "Até quando posso manter minha sorte antes que ela pague o preço?", pensei, enquanto uma nuvem de tristeza e medo me obscurecia por dentro. Sabia que cada momento com ela valia a pena, mas a que custo?

# CAPÍTULO 9

Dentro de pouco tempo, o lugar onde havíamos descansado ficou para trás. Se havia alguma maldição nas paredes daquele edifício, nós a fizemos se consumir nas chamas, do mesmo modo que os pensamentos ruins haviam corroído nossas forças. Depois do fogo, retomamos nossa jornada. A trilha parecia interminável e, sem horizonte como referência, senti que quase seis horas poderiam ter se esvaído.

Outros sonhos se concretizaram pelo caminho, ou fragmentos de sonhos, surgindo e desvanecendo como vaga-lumes na escuridão. Eu tentava recuperar um pouco de clareza diante dos eventos extraordinários que testemunhamos, e busquei algum significado por trás daquelas visões multifacetadas. Cada um de nós trazia consigo uma infinidade de propensões monstruosas, que vinham das profundezas da mente para nos visitar.

Em um universo lógico, talvez encontrássemos algum conforto na ideia de que tudo não passasse de pura ilusão, mas ali nossas percepções poderiam nos matar. E aqueles que agora habitavam a serenidade opressiva do deserto traziam consigo seus próprios tormentos, transformando a terra em um campo de medos ocultos.

A brisa se intensificava, erguendo véus de areia que, em seu frenesi, transportavam murmúrios espectrais. Nossa arena de atuação era o vazio, e quanto mais se expandia, mais a ausência diante de nós se estendia, transformando-se em um cenário monocromático.

— Ouvi dizer que essas dimensões fantasmas não possuem fronteiras.

— Você não deveria dar ouvidos a tudo o que falam, Pangron — tentei ser otimista, apesar de a teoria do homem-leão também assombrar meus pensamentos. — Não tenho mais ideia do que esse lugar possa ser, mas acho que vamos descobrir, querendo ou não!

Finalmente, percebemos que a paisagem estava passando por uma nova transformação. O céu assumiu tonalidades de dourado e ferrugem, com imensas formas escuras e amorfas pairando como rochas flutuantes. Pináculos pontudos de pedra surgiam à frente e aos lados, tão estranhos que afastavam qualquer conceito de realidade.

A estranha aflição que eu havia experimentado ao subir o cânion voltava a me envolver, agora com maior intensidade. Contemplei as paredes verticais de uma grande montanha, com escarpas íngremes se estendendo em direção ao topo, e essa angústia gradativamente se transformou em um medo quase inexplicável.

Uma trilha frágil cortava a imensidão da encosta. Era sinuosa, pontuada por pedras soltas e trechos escorregadios. À medida que ascendíamos, o caminho tornava-se cada vez mais estreito. A visão do abismo abaixo nos enchia de pavor e vertigem. Nos trechos mais árduos, era necessário agarrar-se às saliências rochosas para garantir nossa progressão.

O ar rarefeito atormentava sem piedade todos os que ousaram entrar em seu território. Cada movimento demandava uma dose exorbitante de determinação. A respiração era sufocante e dificultava qualquer outro sentido ou raciocínio. Por vezes, quase em estado de inconsciência, indivíduos colidiam contra as paredes de pedra e despencavam no precipício. Seus gritos sumiam na névoa esverdeada que se elevava das profundezas, envolvendo as bordas.

De repente, ouvi um barulho estrondoso de rochas se desprendendo. Cyron perdeu o equilíbrio e rolou na direção do precipício. Num ímpeto desesperado, o garoto procurou por algo para se segurar. Por um momento angustiante, parecia que ele não conseguiria se salvar, mas dei um salto e agarrei seu tornozelo. Com todas as minhas forças, puxei-o para longe da borda do despenhadeiro e cai sentado, ofegante. Lunaz me olhava surpresa, uma expressão de alívio crescia em sua face.

— Vamos, comandante! — ela me ofereceu a mão para me ajudar a levantar.

Avançamos até nos depararmos com uma abertura escura à nossa esquerda. Um túnel se estendia para o outro lado da montanha. Ao acendermos nossas lanternas, a repentina claridade fez com que insetos grandes, gordos e nojentos começassem a se mover lentamente pelas paredes, pesados e desajeitados, como lesmas noturnas procurando abrigo.

A gruta se estendia sob contornos moldados por terra e argila, entrecortados por raízes sombrias e profundamente enterradas, o que era estranho, pois não havia árvores do lado de fora.

— Soldados, vamos nos dividir em duplas! — minha voz ressoou, firme e direta. — Precisamos de um grupo na frente, eles serão nossos olhos, a cabeça da serpente. O outro grupo ficará atrás, como a cauda, protegendo nossa retaguarda. Vamos manter os civis seguros entre nós. Avancem com cuidado e estejam preparados para qualquer coisa.

E assim marchamos, organizados em duas filas, ombro a ombro. Cyron apressou-se para caminhar ao meu lado.

— Obrigado — disse ele, ofegante —, obrigado por salvar minha vida.

— Você deve muito mais a Lunaz, por isso deveria agradecer a ela, não a mim.

Ele dirigiu seu olhar para a bela aldorina, que estava em dupla com Pangron, imediatamente atrás de nós.

— O que você realmente faz da vida, garoto? — perguntei. — Parece empolado demais para ser um simples ambulante.

Ele olhou para suas mãos, ponderando o que dizer. Eram lisas, sem calos ou qualquer vestígio de trabalho árduo.

— Na verdade, estou em busca de educação, de um tipo que as academias tradicionais de Aldorius nunca poderiam oferecer.

Levantei uma sobrancelha, desconfiado.

— Educação, hein? E o que você aprendeu até agora?

— Que as pessoas são mais complexas e as escolhas mais difíceis do que os livros de história jamais poderiam ensinar. Às vezes, a melhor maneira de entender realmente as pessoas é viver entre elas, não como um acadêmico, mas como um igual. Você sempre acaba pegando um pouco de sabedoria aqui e ali, não é?

— Você fala como um espião ou talvez como alguém que esteja fugindo de algo.

— Talvez eu esteja correndo em direção a algo. Akenar nos ensina a seguir nosso caminho e cumprir nosso destino. Você já descobriu qual é o seu, Merwin?

— Prefiro não me fazer essa pergunta até estar preparado para encarar a resposta.

— Entendo.

— Bem, seja lá o que você esteja procurando, espero que encontre as respostas antes que mais perguntas o encontrem.

Cyron sorriu com ar sonhador.

Enquanto isso, pensamentos ameaçadores me perseguiam de tal forma que eu tinha dificuldade de raciocinar. Senti uma presença invisível ao nosso redor, e uma visão aterradora me atingiu: imaginei nosso grupo encurralado na sinistra gruta, cercado por uma multidão incontável de espíritos aprisionados. Tive a sensação de que nada, jamais, conseguiria dissolver aquele mal. O inimigo não concedia trégua, não relaxava a vigilância sobre nossos medos.

Mais para frente, encontramos uma área circular, espaçosa o bastante para que pudéssemos nos agrupar novamente. Água escorria pelas paredes da gruta, formando poças nos veios das rochas. Aproveitamos a oportunidade para encher os nossos cantis.

O caminho foi se expandindo aos poucos. Contudo, a visão à frente não oferecia conforto algum. O túnel culminava em uma abertura para o vazio, desdobrando-se em direção ao abismo de outro precipício negro e insondável.

Pangron soltou um rugido de frustração.

— Como vamos atravessar isso? — questionou o homem-leão, olhando para a face oposta do penhasco. O túnel continuava depois de aproximadamente vinte metros, onde se revelava uma plataforma de rocha lisa.

— Você é o segundo em comando, diga-me — respondi.

— De forma alguma. Sou apenas um guarda-costas.

Não consegui encontrar resposta, ou pelo menos, nenhuma que parecesse fazer sentido. Um crescente tumulto de pânico envolveu os civis, com soluços abafados e respirações entrecortadas. Lunaz segurou minha mão, entrelaçando seus dedos nos meus.

— Confio em você e sei que vamos encontrar uma saída — ela disse.

Nesse instante, um dos soldados se aproximou.

— Comandante, temos de voltar e procurar outro caminho. Não podemos perder tempo aqui.

— O tempo e a direção não têm mais significado — respondi em voz alta, dirigindo-me também às outras pessoas. — Estamos além desses conceitos agora. Mas isso não nos dá permissão para desistir. Ainda temos de seguir em frente.

— O que, em nome do divino Akenar, você sugere que façamos? — irritou-se um dos civis. — A menos que criemos asas, não há como prosseguir. Prefiro esperar aqui até a missão de resgate chegar. É um lugar seguro,

temos água e podemos nos alimentar com aqueles insetos.

— Talvez ele tenha razão! — disse uma mulher
fayrin de cabelos prateados. — Estamos apenas esgotando nossas energias.

Alguns indivíduos também assentiram, balançando a
cabeça e expressando concordância com sons de aprovação.

— Tudo bem — respondi —, decidam como acharem
melhor. Aqueles que preferirem ficar podem esperar até
que os fantasmas congelem seus corpos. Não me importo.

De repente, alguém gritou, e os soldados se moveram
em uníssono, com as armas prontas. Olhei para trás e
senti um frio na barriga. Na borda do abismo, uma nuvem
rubra e luminosa começava a tomar forma. A estranha
substância se solidificava, tornando-se gradualmente menos disforme para, aos poucos, assumir a forma de uma
ponte de luz sobre a superfície do abismo, oferecendo um
acesso à plataforma do outro lado.

Um homem vinha andando na extremidade oposta.
Aproximou-se de onde estávamos, cauteloso. Vestia-se
de maneira singular, com peças de roupas heterogêneas.
As calças largas, de tecido carmesim, combinavam com
uma longa camisa de elos de metal e sapatilhas pretas ao
estilo Bruce Lee. No entanto, os trajes não se esforçavam
em esconder uma pele tão branca quanto mármore. Seus

olhos marcantes e angulares não exibiam nenhum vestígio de compaixão, mas sim uma expressão implacável.

Empunhando uma lança de metal afiado, ele completou sua travessia e nos observou com um ar altivo, seus olhos queimaram com um misto de desafio e superioridade.

— Quem é você? — perguntei.

— Quando piso, a terra se curva diante de mim; e quando me detenho, o cosmos inteiro aguarda meu comando. Sou Baurig, o deus criador desta montanha. Qual é o propósito de sua presença aqui?

Fiz um sinal para que todos abaixassem as armas e me aproximei dele, acompanhado de Pangron e outros dois soldados.

— Sou Merwin. Só estamos de passagem. Viemos de um mundo chamado Eldorion. Pode nos ajudar a encontrar um caminho até o outro lado de sua montanha?

— Eldorion? Nunca ouvi falar. E quem preside aos destinos de seu mundo?

Os militares ao meu lado esquerdo fizeram a saudação asteana, os punhos cerrados sobre o peito.

— Akenar, o grande sacerdote das estrelas, cuja sabedoria e poder transcendem os limites do universo! — exclamaram em uníssono.

Tive vontade de rir, mas a expressão carrancuda de Pangron me conteve.

— Também não conheço esse deus e duvido que ele exista — disse Baurig de forma desafiadora. Em seguida, executou um ágil movimento com sua lança, talvez para exibir sua habilidade de combate, e apontou a arma para a ponte.

— Esse é o único meio de atravessar, mas devem pagar o preço.

Suspirei sem paciência.

— O que você quer?

— Vocês podem seguir em paz, mas aquela mulher será oferecida a mim em sacrifício — ele anunciou, apontando a ponta da lança para Lunaz. A proposta impactou a moça como uma estocada real. Com os olhos arregalados, ela revelava todo o horror que sentia. Olhou para mim, desesperada por um sinal de intervenção.

Pangron então rosnou.

— Somos muitos e estamos armados. O que nos impede de matá-lo e depois atravessar a ponte?

— Podem fazer isso, mas não conseguirão atravessar. Assim que minha alma divina deixar este corpo, a ponte desaparecerá. Jamais acharão outra saída — ele riu, com um tom de desdém.

Inspirei profundamente, cerrando os punhos. Em seguida, franzi o cenho ferozmente e apontei para ele.

— Eu o desafio, deus da montanha!

Por um momento, o sujeito pareceu confuso. Seus olhos vagaram de um lado a outro e voltaram a pousar em mim.

— Se você pertence mesmo a uma ordem divina, sabe que não pode recusar o desafio de um fiel — insisti.

Ele cuspiu com desdém.

— Você não passa de um errante sem lar, um mero vagabundo!

Forcei um leve sorriso no canto da boca.

— Ainda assim, não pode negar, sabe muito bem disso!

Ele soltou um grunhido de frustração.

— Tudo bem! Se quer morrer por uma reles mulher, que seja! Eu e você lutaremos. Quem cair no abismo perde.

— E o vencedor terá a garota e a ponte — completei.

— Ei, machões! — Lunaz ergueu a voz. — Acho que mereço um pouco de respeito. Não sou um troféu para alimentar seus egos inflados.

— Se ainda não percebeu, fêmea aldorina, Merwin está tentando salvar sua vida — disse Pangron com sua voz de trovão.

Depois dessas palavras, o homem-leão desembainhou sua longa espada e a entregou a mim.

— Seis gerações de minha família carregaram esta arma. Ela é muito poderosa — disse com um sussurro roufenho. — Mesmo assim, não pode vencê-lo em uma luta justa. Quando ele estiver de costas, vou empurrá-lo no abismo. É um deus fraco, nem vai saber o que o atingiu. Confie em mim como confio em você.

Concordei sem hesitação, balançando levemente a cabeça. Depois disso, entreguei-lhe o fuzil e avancei pela ponte estreita com passos firmes, como alguém que já havia enfrentado os piores horrores dentro de si.

Baurig movia-se com a habilidade de um equilibrista em um fio de luz. Ele me aguardava no meio da ponte. Observei-o com curiosidade, questionando se era ele a entidade enviada para selar o meu destino. O deus da montanha me devolvia o olhar com a mesma intensidade. Seus músculos definidos entrelaçavam a robustez de um búfalo com a destreza de uma pantera.

Enquanto isso, o abismo assoviava a imensidão do vazio sob nossos pés. Era impossível não imaginar o que aguardava aqueles que ousassem cair em seu vácuo cósmico e insondável.

Eu procurava ansiosamente por algum indício de fraqueza ou hesitação nos olhos de meu oponente, mas a determinação de Baurig permanecia inabalável. De repente, ele avançou com um rugido que parecia ecoar de mil gargantas. Seu braço direito se ergueu e, num movimento fluído, a lança arremeteu em minha direção, mirando meu peito.

Um reflexo rápido salvou minha vida. Ao me esquivar para o lado, a lâmina só conseguiu rasgar meu colete, passando rente às minhas costelas. Retribui com fúria, visando trespassar-lhe o pescoço, e o oponente girou e bloqueou o golpe de frente, fazendo com que as armas se chocassem em uma chuva de faíscas.

Daí em diante, a briga começou para valer. Ele desferiu golpes uma, duas, três vezes, e na quarta tentativa, o metal finalmente me atingiu, abrindo um corte profundo em meu antebraço direito. Ignorei a dor para me desviar do ataque que veio em seguida. E a investida teria me perfurado o rosto se eu não tivesse agachado.

Mudei a espada da mão direita para a esquerda e contra-ataquei com toda a minha força. A fúria cega fez com que a espada sibilasse pelos ares, arrancando alguns detalhes metálicos da vestimenta de Baurig, mas sem lhe causar ferimentos.

O adversário avançou e, com um salto, acertou-me a têmpora com a parte de trás do cabo da lança. Desabei para trás à beira do abismo, completamente desnorteado.

Ele parou à minha frente, a poucos passos de distância, e ergueu sua arma com as duas mãos para desferir o golpe final, mas interrompeu o movimento ao ouvir um berro selvagem vindo de suas costas.

O deus da montanha, surpreso pela súbita ameaça, virou-se instintivamente, esquecendo-se de mim por um breve momento. Pangron lançou-se contra Baurig como um predador. A violência do embate jogou os dois para trás, uma disputa selvagem de fúria e força.

Aproveitando a distração adversária, rolei para o lado e me afastei da borda do abismo. Levantei-me com dificuldade, as pernas trêmulas, mas determinadas. Ao ver Pangron pressionando o ataque com uma série de socos poderosos, senti uma onda de adrenalina purificar minha exaustão.

Empunhando a espada com ambas as mãos, avancei pela estrutura de luz da ponte. Diante do ataque feroz de Pangron, o adversário falhou em antecipar minha investida. Com um grito de batalha, cravei a cimitarra em seu flanco com precisão mortal. Ele gritou, um som que ecoou pela vastidão do abismo, cheio de dor e surpresa.

Um empurrão desesperado de Pangron fez com que Baurig perdesse o equilíbrio. Suas mãos buscaram em vão algo para segurar, mas encontraram apenas o ar. Com um último olhar de incredulidade e fúria, ele caiu no abismo, desaparecendo na escuridão que assobiava com promessas de esquecimento.

Exausto e respirando com dificuldade, abaixei a espada e observei o vazio onde Baurig havia caído. Pangron se aproximou, pousando sua mão pesada em meu ombro.

— Lutou bem, meu amigo — sua voz era um rugido baixo, mas cheio de respeito.

— Lutamos bem — corrigi, oferecendo um sorriso encharcado de suor.

Os demais membros do grupo nos olhavam assustados, estavam estarrecidos e boquiabertos. Eu podia perceber um estado de choque em alguns.

Lunaz correu até nós, seu olhar alternando entre preocupação e alívio. Assim que me alcançou, envolveu-me em um abraço, e eu retribuí com a mesma intensidade. Ela retirou meu capacete e me beijou. Ficamos assim, com os lábios unidos, por quase um minuto.

Pangron esboçou um sorrido e se afastou.

— Você está ferido — disse ela ao tocar-me o braço.

Procurei pelo corpo, sentindo uma dor latejante no antebraço direito.

— Merda, é verdade!

— Isso parece sério — ela analisou o ferimento. — Vai precisar de sutura.

— Não dá para improvisar algo até sairmos daqui? — indaguei.

Lunaz remexeu em sua maleta e sacou uma pequena garrafa. Ardeu como o inferno quando ela derramou um pouco do líquido sobre o ferimento, presumi que fosse álcool pelo jeito que queimou. Em seguida, enfaixou com várias voltas sobrepostas de ataduras.

— Isso deve segurar o sangramento por enquanto.

— Vamos cruzar essa ponte enquanto ainda podemos! — a voz de Cyron cortou o silêncio, urgente e clara. Ele apontava para a estrutura de luz que ainda brilhava intacta, apesar da queda de seu criador.

O agrupamento então iniciou a travessia, deixando para trás o abismo e os fantasmas do deus caído.

# CAPÍTULO 10

Tão logo nos afastamos da montanha, a temperatura caiu drasticamente. O clima seco me fez perceber, desde as primeiras horas, que estávamos percorrendo áreas de terrenos áridos e monótonos. A luz do céu desapareceu e as trevas tomaram seu lugar.

Foi uma caminhada árdua, que me pareceu durar um mês, sob a claridade das três luas e a luz tremulante das lanternas acopladas aos nossos fuzis. Após um lapso de tempo ainda mais longo e incontável, nossos recursos encontravam novamente seu limite, restringindo-se a uma provisão repugnante de baratas secas, além das últimas gotas de água que chocalhavam nos cantis. O caminho parecia desaparecer sob nossos pés, levando-nos a lugar nenhum. Um a um, muitos tombaram mortos, sucumbindo a doenças misteriosas exacerbadas pela nossa dieta precária.

Sem alvo de chegada ou direção, não tínhamos mais razões para continuar. Quando até mesmo as rações de insetos se esgotaram, o desespero nos envolveu em um manto gélido. Conversas sussurradas e olhares furtivos começaram a revelar pensamentos antes inimagináveis. A fome insuportável nos levou a sussurrar sobre uma medida extremamente drástica: o canibalismo.

Mesmo diante das súplicas de Lunaz, os instintos primários de sobrevivência não se sujeitavam a regras. Diante da sede e da fome, todos os princípios se apagam. Era além das minhas possibilidades controlar a vontade de uma maioria faminta, incapaz de se manter de pé, muito menos de caminhar.

Conversei com Pangron e decidimos buscar entre os mortos a derradeira esperança de sobrevivência. Soldados e civis se uniram para ajudar. Mãos trêmulas separavam os corpos dos que haviam morrido mais recentemente. Somente para o homem-leão a prática não representava nenhuma repugnância moral, pois não seria ele a consumir sua própria espécie.

Depois disso, tudo que há de mais horrível se desdobrou. Experimentamos um crescente sentimento de pavor e decadência. Nossa sanidade se deteriorava, afetada por dramas que transcendiam simples experiências sobrenaturais.

Enquanto nossos instintos mais primitivos prevaleciam, o sangue tornava-se o vinho amargo da nossa desolação, e a carne, o pão de nossa agonia. O preço de reviver esses momentos é alto demais; e a simples lembrança do que fomos impelidos a fazer me desperta tremores de profunda angústia. Por muito tempo, evitei pensar nos eventos que hesito até mesmo em descrever, tentando esquecer a escuridão que se abateu sobre nós naquelas areias manchadas de sangue.

Agarrei-me à vida com uma determinação feroz, alimentando o retorno do que é amado e perdido, como um farol em meio à tormenta. A perda era o sentimento que mais me consumia; e, independente do que acontecesse, minha mente parecia envolta em estática, constantemente tentando sintonizar uma estação de rádio que havia desaparecido no vazio.

Inicialmente, alguns de nós resistiram à terrível necessidade, mas nossos princípios não puderam se sustentar diante da iminência da morte. Naquele momento decisivo, Lunaz me encarou, buscando talvez uma última parcela de conforto ou aprovação. Foi então que vi o reflexo de minha própria dor em seus olhos — a agonia silenciosa que compartilhávamos. Quando me aproximei, ela enxugou as lágrimas com o dorso da mão e tentou forçar um sorriso.

— Tudo isso é demais para mim. Como consegue lidar com esse pavor sem… sem desmoronar?

Permaneci em seu olhar, sentindo o peso de cada presença ao nosso redor, cada um de nós embrenhado em seus próprios demônios.

— A verdade — fiz uma pausa breve para escolher minhas palavras com cuidado — é que todos estamos nos desfazendo de alguma forma. Só que alguns escolhem fazer isso por dentro.

Lunaz desviou seu olhar para a figura solitária de Pangron. O homem-leão estava sentado em uma pedra, a alguns metros de distância, visivelmente abatido sob o peso de suas reflexões. Seu rosto, normalmente inabalável e resiliente, agora refletia uma melancolia profunda e pensativa.

— Acho que você tem razão, Merwin — murmurou ela, sua voz baixa refletindo uma resignação sombria.

Nesse instante, um soldado com um uniforme fayrin aproximou-se esbaforido.

— Comandante, encontramos algo... algo que você precisa ver imediatamente.

— O que é? — perguntei, percebendo a gravidade de sua voz.

— Corpos! Descobrimos corpos enterrados na areia. Não são dos nossos; são da caravana que partiu antes de nós.

— Como tem certeza de que não são dos nossos? — questionei, a ansiedade aguçando meu tom de voz.

— As identificações, os equipamentos. É melhor que veja com seus próprios olhos.

— Mostre-me onde.

Lunaz caminhou ao meu lado enquanto seguíamos pelo terreno rochoso, guiados pelo soldado. Passamos por entre os sobreviventes de rostos abatidos, com olhos fundos e brilhantes que se destacavam em suas faces ossudas e cinzentas, marcadas pela exaustão crônica. O ar estava pesado com o cheiro de sangue e desespero. A jovialidade refinada de Cyron fazia um contraste doloroso com a dura realidade que o cercava. A forma como seus ombros caídos suportavam o peso de uma experiência indesejada quase tocou meu coração com uma pontada de proteção paternal.

Minha amiga aldorina baixou a cabeça, sua expressão marcada por uma profunda desolação. Sem dúvida, ela sentia toda a extensão da tragédia mais do que qualquer um de nós; no entanto, permaneceu em silêncio, sem proferir uma palavra.

Ao chegarmos ao local, iluminado apenas por lanternas tremulantes, deparamo-nos com um triste amontoado de corpos parcialmente cobertos pela areia. A luz oscilante acentuava a brutalidade da cena, onde seis formas contorcidas evidenciavam o inferno. Cada uma narrava sua própria história de horror e agonia. Entre os cadáveres destroçados, reconheci de imediato o uniforme de Varian Althor. A morte havia congelado sua face em um eterno grito de horror. Seus olhos, abertos e vazios, olhavam fixamente para o nada. A mão firme ao redor da espada denunciava sua última resistência.

Ao lado do oficial morto, dois soldados estavam parados, absorvendo tudo com olhos arregalados.

— Eles se arrastaram até aqui — disse um dos militares, apontando para as marcas de sangue no chão conforme me aproximei.

— O rastro vai naquela direção — acrescentou o outro.

Acionei minha lanterna para o local apontado, mas o feixe de luz revelou apenas uma fração do que se escondia no mistério. A escuridão do deserto era tão densa que parecia absorver o próprio espaço. Após todas as provações pelas quais passamos, finalmente me vi obrigado a admitir para mim mesmo algo que vinha evitando desde que perdemos o rumo.

— Acho que ninguém virá nos resgatar — disse Lunaz, como se capturasse meus pensamentos. — Que Akenar tenha piedade de nossas almas!

A descoberta alarmante me fez refletir por alguns minutos sobre a gravidade de nossa situação. Embora cético quanto à caridade dos eldorianos, eu tinha esperanças de que a primeira caravana usasse as coordenadas para voltar e nos salvar. No entanto, naquele momento, percebi que nossas chances eram praticamente nulas.

— Vamos seguir os rastros — afirmei, tentando parecer mais confiante do que me sentia.

— Tem certeza disso? — perguntou um dos soldados com preocupação. — O que quer que tenha atacado esses militares pode ainda estar lá.

— Alguma pista é melhor que nada. Não temos outra opção. Se existe uma saída, é por esse caminho que encontraremos.

Reagrupamos em poucos minutos, cada um de nós conferindo meticulosamente o próprio equipamento. Os soldados verificaram a carga de plasma de suas armas e testaram as lanternas, garantindo que tudo estivesse em perfeito funcionamento. Lunaz revisou com cuidado suas escassas provisões médicas. Assim que todos confirmaram a prontidão de seus equipamentos, voltei-me para o grupo com uma instrução clara:

— Mantenham a formação, fiquem alerta e protejam os civis. Não sabemos o que pode estar à nossa espera.

A noite desértica estendia-se negra e intransigente, uma escuridão que parecia absorver até mesmo a incerteza de nossos passos. Conforme caminhávamos, as marcas de sangue tornavam-se mais distantes e difusas, deixando-me um sentimento de inquietação. Ao meu lado, Pangron mantinha-se imponente e silencioso, seus olhos penetrantes de predador escaneando a paisagem vazia. Eu me perguntava o que ele poderia ver naquela vastidão que me escapava, o que seus instintos de caçador poderiam discernir entre as sombras que nos cercavam.

Mas o deserto não era o único lugar árido; assim estavam também nossas almas, agora irremediavelmente marcadas pela escolha que fomos forçados a fazer. Enquanto a fria escuridão se fechava ao meu redor, não pude evitar refletir sobre o terrível segredo que agora compartilhávamos. Desde aquela interminável noite escura, ninguém mais mencionara os atos brutais cometidos na nossa mais desesperada batalha pela sobrevivência. Parecia que, ao não falar sobre isso, poderíamos apagar de nossa memória o que havíamos passado. Deixamos para trás a humanidade que sacrificamos, uma parte de nós mesmos que jamais recuperaríamos.

# CAPÍTULO 11

**M**esmo no auge do sofrimento, conseguimos seguir em frente até vislumbrarmos um lampejo de esperança, uma claridade tênue que começava a perfurar a imensidão escura, desafiando gradualmente a noite com sua presença.

— Lá! Vejam! — Cyron exclamou.

— É a rodovia interdimensional! — gritou um fayrin de aspecto desleixado, com dreadlocks tão longos que quase relavam no chão. — Akenar seja louvado! Estamos salvos!

Os sobreviventes apertaram o passo quase para um ritmo de corrida, mas nem todos conseguiam acompanhar. Uns poucos tentavam auxiliar os retardatários a progredirem. Quando olhei para trás, vi uma mulher muito debilitada tropeçar e cair de joelhos. A expressão de agonia no rosto dela me pesou na consciência. Voltei para ajudá-la, mas Lunaz adiantou-se.

— Deixe-a conosco. Cyron e eu cuidaremos dela. Logo alcançaremos vocês.

— Sim! G.I. Joes liderando! — disse o garoto com aquele sorriso largo e desnecessário.

Recompus minha atenção, sentindo o suor frio traçar caminhos pelas minhas costas. Meus pés pareciam feitos de chumbo, e eu sentia como se uma força oculta drenasse meu ânimo. No caos que prevalecia, uma coisa estava clara em minha mente: estávamos verdadeiramente desesperados; e, naquelas circunstâncias, a ilusão de uma salvação iminente podia ser um perigoso engano.

Além da tropa reduzida de militares, assumi a liderança de um grupo pouco talentoso. Era um bando de civis trôpegos e maltrapilhos, que portavam fuzis tomados de soldados mortos. Sentia-me vulnerável, dependente apenas de minha intuição e dos sentidos aguçados de Pangron para detectar qualquer ameaça em potencial.

E, à medida que nos aproximávamos do local, essa sensação de vulnerabilidade intensificava-se. Meus passos tornavam-se mais cuidadosos; meus dedos no gatilho, mais tensos.

Por fim, a luz vacilante dos equipamentos de iluminação revelou os fragmentos do que estava à nossa frente. Uma névoa densa obscurecia a visão e nos envolvia como uma mortalha, conferindo ao ambiente uma sensação opressiva.

Sob a penumbra nevoenta, os contornos de veículos gigantes e destroçados começavam a surgir. Eram restos retorcidos de máquinas que outrora compunham a poderosa brigada aldorina, mas agora estavam reduzidos a meros cadáveres metálicos.

À medida que caminhava por aquele mausoléu desolado de sucatas, eu resistia tenazmente à ideia de encontrar o meu veículo entre as ferragens.

— Nico, reporte sua posição, câmbio — chamei com urgência no comunicador preso ao colete. No entanto, o único retorno foi um eco distante, cortado por estática e sons indecifráveis.

A luminescência que avistamos de longe provinha dos quatro faróis de emergência de um dos tanques, o único sobrevivente não engolido completamente pela destruição. A potente bateria eldoriana lançava sobre a devastação um cruel holofote, revelando as cicatrizes de um campo de batalha.

Contudo, o que vimos a seguir superou o horror prévio. Defronte a um espetáculo de pavores além de qualquer compreensão, os sobreviventes simplesmente estancaram, suas vozes caladas pela incredulidade. Um arrepio percorreu-me a espinha, eu podia ouvir o rangido fantasmagórico sob a neblina.

As árvores humanas se insinuavam por entre as ruínas metálicas, com seus membros se fundindo a galhos sinuosos e pernas tortuosas, que se enraizavam no solo.

O estado de deterioração do lugar dava a impressão de que aquelas pessoas haviam morrido há muito tempo. Rostos agônicos, talhados em torsos de madeira, tinham as expressões congeladas em um pavor eterno, como se ainda refletissem a dor que sentiram antes de suas mortes.

Lunaz cobriu a boca com a mão, seus olhos arregalados de horror.

— Santo Akenar, o que aconteceu com eles? — ela sussurrou ao meu lado, a voz embargada pelo medo.

— Não sei, mas certamente não quero ficar por aqui para descobrir — respondi. — Vamos recolher somente o essencial: água, comida e qualquer coisa que possa nos ajudar a sobreviver. Nossa prioridade é sair daqui o mais rápido possível.

A tarefa era angustiante, e o odor nauseabundo de putrefação amplificava o desconforto da situação. Envoltos em um misto de repulsa e necessidade, Cyron, Pangron e os demais sobreviventes se espalharam, movendo-se com cautela pelo bosque macabro.

Lunaz e eu tomamos um caminho distinto. Pouco adiante, encontramos uma mochila que a selvageria do lugar havia entrelaçado aos galhos de uma árvore. No interior dela, achamos cinco bisnagas de alimentação, um cantil quase cheio e uma pequena maleta de medicamentos.

— Acho que isso vai interessar você — eu disse depois de achar esse último item.

Seu interesse, no entanto, fixava-se em algo mais perturbador. Segui seu olhar e me deparei com traços faciais cravados no tronco da árvore. Era um rosto feminino, pálido e descorado, com rugas profundas que se entrelaçavam na casca áspera do vegetal, os olhos arregalados, a boca escancarada em um grito silencioso.

— Ela era a supervisora das enfermeiras — murmurou Lunaz, sua voz tingida de luto. — Seu nome era Xilandra.

Lembrei da mulher aldorina que havia nos recebido no barracão hospitalar.

— E daí? Aquele sujeito ali também não me parece estranho — apontei para outro semblante amaldiçoado em madeira. — Se ficarmos parando a cada minuto que um deles nos parecer familiar, vamos acabar virando uma samambaia.

Lunaz estremeceu de repulsa.

— Às vezes você me faz querer vomitar, Merwin — disse, virando-se para ir embora.

— Pelo amor de Deus, caia na real, gata! Você não pode salvar todo mundo!

— E quantos você já salvou sem visar seus próprios interesses? — voltou-se para mim com o dedo em riste. — Ah, claro! Você é o Caveira, só sabe matar.

— Bem que você não reclamou quando tive que encher de pancada o seu namoradinho de Drakoria.

— Ele iria me matar! — irritou-se ela.

— Pois é... salvei sua vida, não foi?

Lunaz bufou.

— Pensei que estivesse bêbado demais para lembrar.

Soltei uma risada e prossegui:

— Lembro de cada detalhe, gata, inclusive da forma "caliente" que você me agradeceu. Como se chamava mesmo aquele hotel em Mamarossa? Ah, sim! Hotel Estrela do Vale. Tinha um bocado daqueles homens répteis esquisitos, mas até que era legal.

— É... muito legal, legal o suficiente para você se perder entre as pernas daquela prostituta esverdeada logo no dia seguinte, seu porco! — ela me deu um soco no ombro.

— Ei, calma aí, garota!

— Eu deveria...

— Espere, ouviu isso? — interrompi abruptamente.

— O quê?!

— Shhhhh... — sinalizei, pedindo para ela fazer silêncio.

Era inquietante, quase inaudível, algo assemelhado a um adejar de asas, que vinha de lugar nenhum e de todos os lugares ao mesmo tempo. Levantei o fuzil, sem saber exatamente em que direção mirar.

— Tem alguma coisa se movendo entre as árvores.

Foi quando, de repente, um grito nos arrebatou; ou melhor, um urro dilacerante, acompanhado por uma sequência de tiros de fuzil. Lunaz olhou para mim com uma expressão alarmada e, em ato reflexo, lançou-se na direção do som. Um feroz instinto de proteção me fez segui-la, a lanterna da arma abrindo nosso caminho em meio à floresta arboliana.

Mais adiante, avistamos cinco civis assustados. Um deles, um gorducho de olhos esbugalhados, segurava o fuzil de forma precária, sem firmeza, com as mãos trêmulas e angustiadas.

— Vocês também ouviram isso? — Lunaz indagou enquanto nos aproximávamos.

— Do lado de lá — respondeu o gorducho azulado, apontando com o dedo na direção da clareira de onde havíamos partido.

— Como se chama? — perguntei.

— Soran — a arma em suas mãos parecia pesar uma eternidade.

— Na frente comigo, Soran. Mostre o caminho — ordenei com firmeza, tentando transmitir mais confiança do que eu tinha.

O sujeito, ainda tremendo, assentiu com a cabeça. Tentou erguer a arma para demonstrar coragem e seguiu em frente. Passamos por entre os arbolianos retorcidos e, depois de uns poucos minutos, encontramos o restante do grupo.

Todos estavam reunidos em círculo, em volta da luz do farol, enquanto o choque e o terror se refletiam em seus rostos. Alguns erguiam os fuzis, seus olhos inquietos saltavam de um ponto para outro do céu.

— O que aconteceu? — indaguei.

Um dos soldados respondeu, visivelmente abalado:

— Era como uma sombra… algo do gênero. Veio do nada, levou Kylan e sumiu antes que pudéssemos acertá-la.

Pangron aproximou-se.

— Parecia uma ave, uma enorme.

— Você a viu? — quis saber Cyron.

— Por um instante — confirmou o thaniense —, bem antes de ela atacar. Estava naquela árvore, com os olhos que brilhavam igual a fantasmas.

— Parece que tem aversão à luz; é por isso que nos abrigamos aqui — acrescentou uma moça de cabelos arroxeados, sussurrando quase que para si mesma.

— Escutem todos! — levantei a voz, ecoando pela clareira. — Vamos sair daqui juntos. Soldados, formem um círculo ao redor dos outros. Mantenham os olhos abertos e protejam-se mutuamente.

Lunaz protestou:

— Mas temos que encontrar Kylan.

Eu não fazia a menor ideia de quem era aquele sujeito antes de ele desaparecer, e duvidava muito que Lunaz o conhecesse o suficiente para se importar. Às vezes, essa empatia desmedida realmente me soava fora de lugar.

— Pode esquecê-lo! — respondi em tom firme. — É bem possível que já esteja morto.

— E você simplesmente vai abandoná-lo? Assim é que tratamos nossos companheiros agora?

Os militares trocaram olhares carregados de medo e desconfiança. Peguei o braço de Lunaz e sussurrei perto de seu ouvido.

— O que diabos há de errado em você? Precisa parar de ser tão sentimental e começar a se preocupar em se salvar. Se nos atrasar de novo, juro que a deixo aqui com essas assombrações. Não estou brincando.

Antes que a discussão se arrastasse ainda mais, uma sombra súbita nos roubou a atenção, deslizando sobre nós em um voo rasante. Com um barulho cortante de algo rasgando o ar, um corpo despencou abruptamente, batendo contra o solo com um som surdo e úmido.

A visão diante de nós era grotesca: a barriga do cadáver estava aberta, com raízes e galhos brotando onde antes repousavam órgãos vitais. Seus olhos haviam desaparecido, restando apenas duas cavidades vazias e escuras, que nos fitavam com a eternidade silenciosa da morte.

Após abandonar o que restava do infortunado Kylan, a criatura planou por meros segundos antes de encontrar seu pouso silencioso em uma árvore próxima. Emitiu um grasnado quando direcionamos as lanternas acopladas aos fuzis em sua direção. Sua aparência grotesca arrepiou-me até os nervos.

O bico curvado e pontiagudo projetava-se de uma face pálida, prestes a se decompor, com pedaços de pele podre pendendo de seus ossos. Os olhos emanavam uma escuridão sufocante, eram cavernosos e vazios, desprovidos de quaisquer traços de sanidade. As asas, cobertas de penas negras e deterioradas, estendiam-se para os lados, como um presságio sinistro. Sua parte humana revelava uma constituição esquálida, com garras afiadas que se estendiam das mãos e dos pés.

Todas as armas se voltaram para o monstro, que permaneceu empoleirado, analisando nossos movimentos.

— Esperem, não atirem! — gritei, tentando conter a tensão.

— Doutor Sarnath?! — exclamou Lunaz, surpresa.

— Não é ele; pelo menos, não da forma como o conhecíamos — respondi, sentindo um calafrio percorrer minha espinha.

Então, a criatura emitiu outro grasnado, um chamado constante e inflexível. Naquele exato momento, algo terrível aconteceu, algo tão horrível que todos desejamos que fosse apenas um sonho ruim.

A floresta arboliana estremecia, e um coro de gemidos e lamentos ecoou. Sangue começou a jorrar dos troncos das árvores. Um exército de mortos emergia em uma sucessão de fendas abertas nos corpos de madeira, como cesárias macabras.

A união perversa entre o reino vegetal e a carne humana em decomposição dava origem a uma verdadeira simbiose de pesadelos. Os cadáveres arbolianos se retorciam em desesperado esforço para se libertar, enquanto a matéria decomposta de seus corpos se fundia à madeira carcomida, enredada em raízes, musgos e tumores.

Quando o primeiro grupo de monstros avançou, Pangron se colocou na frente, urrando e brandindo sua espada. Sua ferocidade inspirou os outros a seguirem seu exemplo. Foi quando se desencadeou um tiroteio caótico por parte dos soldados e civis, que atiravam sem qualquer coordenação, feito um bando de idiotas desesperados.

— Organizem-se, porra! — gritei. — Não adianta atirar como loucos! Concentrem-se nos alvos, não desperdicem munição! As tulpas agem através dos olhos e do cérebro. Acertem a cabeça!

Parecia que minhas palavras haviam sido tragadas pelo caos, já que disparos erráticos continuavam atingindo o chão e as ferragens.

Enquanto isso, os arbolianos intercalavam sussurros espectrais com o ranger de ossos quebrados e articulações deslocadas.

A névoa se contorcia ao redor da horda de mortos, como se o próprio espectro do ceifador sussurrasse promessas de tormento e agonia em seus ouvidos. Cada vez mais deles surgiam, avançando em um número avassalador e incontrolável.

Diante da ofensiva, soldados e civis foram forçados a se dispersar; muitos caíram, mortos. Contemplei com pavor um grupo daqueles horrendos arbolianos fechando o cerco ao redor de um dos militares.

O homem, cujo nome mal tive tempo de aprender, desferia golpes desesperados com um pedaço retorcido de ferro, usando a ferramenta como uma derradeira tentativa de defesa. Corri para ajudá-lo, mas antes que eu pudesse alcançá-lo, vi suas entranhas serem arrancadas por garras de raízes e galhos afiados.

— Abriguem-se! — berrei no ápice dos meus pulmões. — Abriguem-se!

Mas não tínhamos outro refúgio além das ferragens expostas sob a luz crua dos faróis, e foi lá que tentamos montar uma linha de defesa desesperada. Por mais furiosos que fossem os nossos disparos, o número de inimigos parecia não se esgotar.

Eles se metamorfoseavam diante de nossos olhos: corpos mutilados pelos projéteis de plasma não sucumbiam, mas se reinventavam, gerando membros novos a partir de galhos e raízes retorcidos.

— Eles não param! — um civil armado gritou em pânico. — Acertei dois deles no peito, e eles... eles simplesmente continuam vindo! Não param!

Nossos gritos de batalha se perdiam entre os gemidos e urros pavorosos dos mortos, que pareciam padecer de dores atrozes.

— Mirem nas cabeças! Atirem nas cabeças! — eu repetia sob o caos ensurdecedor.

A partir desse ponto, só a sorte definiria os sobreviventes. A confusão prevalecia: disparos vinham de todas as direções, indistintos. A neblina se intensificou ao redor dos faróis, dificultando a distinção entre vivos e mortos. Nas sombras, figuras espectralmente difusas corriam em meio ao frenesi dos tiros, e os feixes de luz dos fuzis se entrecruzavam na obscuridade.

O risco de acertarmos uns aos outros era iminente; ainda assim, consegui abater mais de dez daqueles monstros, explodindo seus crânios, sem atingir nenhum dos nossos.

Contudo, enquanto vasculhava o nevoeiro em busca de Lunaz, uma rajada de plasma ricocheteou e me jogou para trás. A pancada contra uma viga de aço frio me atirou ao chão. Com o eco atordoante do plasma contra o metal assolando meus ouvidos, precisei de alguns segundos para recuperar a orientação.

Ao meu lado, um soldado gritava; seus dois joelhos estraçalhados. As pernas, agora decepadas, deixavam um rastro de sangue enquanto ele tentava, desesperadamente, arrastar-se para longe. Estava em choque; seus olhos dilatados refletiam o puro horror. Ao notar minha presença, ele tentou articular uma palavra, mas apenas gemidos angustiados escaparam de seus lábios.

O fuzil ainda pendia de meu peito, preso ao pescoço pela bandoleira. Ao tentar me levantar, uma onda de tontura quase me obrigou a cair de volta. Avancei a duras penas e ouvi o sujeito que se arrastava rosnar em minha direção, suas extremidades mutiladas já tomadas por raízes. Mirei em sua cabeça e disparei, salpicando o solo com fragmentos de ossos, cérebro e lascas de madeira.

— Merwin! — Lunaz surgiu da névoa ao meu lado, seguida de perto por Cyron, com o revólver ainda fumegando em punho. — Você está bem?

Eu tossi fraco, e o fluxo de dor do ferimento em meu braço aumentou um pouco.

— Vou ficar bem. Vamos sair daqui.

A visibilidade estava ainda pior, cada passo adiante parecia levar a lugar algum. Algo naquela atmosfera tecia um véu de sombras para nos desorientar, urdindo no ar uma profusão de espectros vaporosos.

O ímpeto dos tiros foi decrescendo até restarem apenas disparos esparsos. E, de repente, um silêncio uníssono se instalou. Aquilo me fez resgatar uma história de Stephen King, em que abominações brotavam de uma bruma semelhante. Talvez o escritor revelasse menos do que de fato sabia.

— Acho que estão todos mortos — murmurou Cyron, deixando escapar um riso mudo no canto da boca.

— Você é um sujeito estranho, isso sim — comentei. Seu sorriso vacilou, perdendo-se em um suspiro.

— O que quer dizer?

Eu me aproximei e o encarei nos olhos.

— Algo me diz que você está se divertindo muito com tudo isso.

Surpresa e desconforto misturavam-se em sua expressão.

— Não tenho nada a esconder.

Ponderei em silêncio, mais intrigado do que irritado.

— É melhor eu ficar com o revólver — estendi a mão na direção dele.

Lunaz franziu o cenho.

— O que deu em você, Merwin? Perdeu o juízo? Ele salvou minha vida agora há pouco!

— Quem garante que ele não seja um maldito Maldraco infiltrado? Vamos, a arma, garoto! — insisti com firmeza.

Cyron sorriu de forma enigmática. Então, com um movimento súbito e preciso, ergueu a arma para frente e apertou o gatilho sem hesitar. A ação foi tão veloz que me surpreendeu, sem espaço para reação. Um baque surdo desabou atrás de mim, e eu me virei. Um enorme arboliano estava estirado no chão, a cabeça estraçalhada e os braços espinhosos ainda esticados na vã tentativa de alcançar o seu alvo.

Lunaz me lançou um olhar entediado, como se dissesse: "podemos prosseguir agora?".

Naquele exato instante, o homem-abutre emitiu um grasnado obscuro que persistiu por três segundos inteiros, propagando-se pelo ar sobrenaturalmente imóvel.

Quando o som se extinguiu, um tumulto de gemidos, vozes e sussurros passou a prevalecer, enchendo o ambiente com uma nova onda de manifestações bestiais.

Estreitei os olhos para tentar enxergar, erguendo a arma em riste. Presenças decrépitas começaram a emanar de todos os lados, a carne pútrida violada por extensões de tumores sinuosos, que se retorciam em uma macabra imitação de flora.

Senti o fedor de morte se aproximando, os dedos tremeram; no entanto, a determinação em meu espírito não vacilou. Os flashes dos tiros iluminavam as formas distorcidas, repletas de raízes entrelaçadas projetando-se de suas silhuetas esquálidas.

Atingi a cabeça de quatro daqueles monstros e, sem tempo para hesitações, recarreguei rapidamente e atirei de novo e de novo. Meus sentidos permitiam apenas vislumbres fugazes, alternando percepção e incerteza. No emaranhado das volutas de névoa, revelava-se a resistência conjunta de outros camaradas, que se moviam como sombras aguerridas de um pesadelo.

Pangron não desperdiçava tempo entre os disparos, municiava o rifle com a mesma destreza impressionante com que atirava. Antecipava-se ao alvo, como se pudesse antever o resultado para além do nevoeiro sobrenatural que nos cercava.

— Ouvimos os disparos! — ofegou ele, recuperando o fôlego. — Pensei que somente nós tivéssemos sobrevivido. A maioria se perdeu na confusão.

— Não vamos conseguir derrubar todos eles! — o grito de um soldado rasgou o nevoeiro, carregado de desespero.

E, de fato, não tínhamos como atravessar aquele mar de horrores sem fim. Nossos disparos eram ecos de agonia, dispersando-se em meio ao lamento incessante dos arbolianos.

Em contrapartida, a morte não conhecia dor nem medo e avançava com uma fúria insana. Retrocedemos, pisando uma terra que mais se assemelhava a um lamaceiro de sangue e carne podre.

— Aproveitem a névoa e as ferragens para surpreendê-los, desapareçam da vista deles! — minha voz soou como um sussurro entre os golpes abafados da guerra.

Agachado atrás dos escombros retorcidos, mantive a mira alinhada aos vultos oscilantes. Senti a mão trêmula de Lunaz em minhas costas. Aquele gesto sutil talvez fosse sua maneira de dizer que, apesar de tudo, ainda confiava em mim.

Engoli em seco, senti um deserto em chamas arder dentro do peito. O fuzil coiceava, cada fibra de meu corpo clamava por descanso, mas eu tinha de prosseguir. Não podia permitir mais um fracasso, não mais, não dessa vez.

No entanto, algo inusitado causou minha hesitação. Apertei os lábios com força; a dor era quase física. Sacudi a cabeça, tentando dissipar a visão à minha frente.

— Não é ela! — ouvi Lunaz atrás de mim. — Não é a sua filha, você sabe disso!

Eu sabia. Ainda assim, não conseguia apertar o gatilho. Juliette me fitava com um sorriso etéreo, quase o fragmento de um sonho. Sua voz ressoava em minha mente: "você me ama, papai?".

Paralisado, atordoado, fiquei imóvel. O calor que emanava de sua presença, o perfume delicado que exalava, tudo era assustadoramente real. Quando ela abriu os braços e começou a se aproximar, a inação foi minha única resposta.

— Atire, Merwin! Atire! — Lunaz gritava.

Um disparo único silvou acima da minha cabeça e encontrou a testa da criança, que desvaneceu em fumaça.

— Não tenho mais munição — anunciou Cyron, agachando-se ao nosso lado. — Esse foi o último tiro.

Arranquei o revólver da mão dele e coloquei a arma na cintura.

— Pode ser que essa sua cara de pau seja capaz de matar todas essas coisas de raiva.

Disparos rompiam o ar úmido em uma sequência caótica, uma tentativa desesperada de conter o avanço de uma horda de abominações.

Os passos dos monstros arrastavam caules com tumores sangrentos, deixando um rastro de praga avassaladora. Projeções de galhos retorciam as costas das criaturas e formavam uma espécie de espinha dorsal arbórea. Alguns haviam sido tão transfigurados pela fusão, que mal lembravam seres humanos.

No ápice de todos os pesadelos, recordo-me de ter visto uma criatura singular, que evocava a aparência de um gigantesco cogumelo branco. O monstro rompia a terra com um emaranhado de raízes pontiagudas, alinhadas ao longo da base de seu dorso encarquilhado. A cabeça era uma protuberância bulbosa, grotescamente inchada, com pequenos olhos desnivelados e uma boca ampla de sapo, repleta de brotos e gemas florescendo. O monstro ainda conseguiu matar dois dos nossos antes de eu reduzi-lo a pedaços com uma rajada de plasma.

Os arbolianos não cessavam de se aproximar através dos destroços dos carros e árvores tumefatas. Deslocavam-se através da névoa, surgindo de todas as direções, avançando lentamente até se tornarem visíveis. Variavam em formas e tamanhos, os olhos cintilando como contas de vidro sob a luz do fogo. Alguns estavam chamuscados; outros, despedaçados. Quase todos exibiam dentes incisivos expostos em uma expressão de ódio insaciável.

Continuamos atirando e recuando, simplesmente não havia tempo para pensar. Explosões de plasma iluminavam a névoa cada vez mais densa. Já não conseguíamos lidar com o imenso número de inimigos e seu avanço incansável.

Tomada pelo pânico, a maioria dos civis abandonou as armas e fugiu em desespero rumo às regiões escuras do deserto. A travessia pelos destroços assemelhava-se a uma corrida por uma pista de obstáculos. Os que tropeçavam não tinham chance. Muitos acabaram massacrados pelo homem-abutre, que mergulhava em ataques rasantes, agarrando suas vítimas indefesas e dilacerando-as até os ossos.

Prosseguimos através das ferragens e, em certo trecho, eu, Lunaz e Cyron testemunhamos o momento em que o híbrido alado derrubou uma mulher e a deixou de bruços no chão. Por um segundo, ela me devolveu o olhar, e eu a reconheci. Era a jovem de cabelos arroxeados.

Seus lábios moviam-se, embora não emitisse qualquer som audível. A dor parecia não mais fazer efeito sobre sua expressão, mesmo quando a criatura começou a despedaçar-lhe a carne com os dedos pontiagudos. Foi então que encerrei a agonia da moça, atravessando-lhe o crânio com um tiro preciso.

O homem-abutre voltou-se para nós com um esgar de ódio, lançando um grasnado agudo aos ares. Vários arbolianos atenderam ao chamado e se concentraram em nos alcançar com seus braços tumefactos, cheios de ramificações.

Cyron recolheu um dos rifles abandonados no chão. Ele deu cabo de seis ou mais monstros que estavam próximos de nós. Tinha uma pontaria ótima, quase tão boa quanto a minha. Depois que a arma falhou, o garoto a lançou para longe e correu.

— Porra! Saia da frente, moleque! — gritei.

Eu tentava enquadrar o homem-abutre sob a mira do fuzil enquanto ele agitava as longas asas. Antes que a besta desaparecesse dentro do nevoeiro, descarreguei uma rajada bem no meio do peito do desgraçado.

A criatura caiu fumegando alguns metros adiante, onde o rigor da morte devolveu-lhe a aparência menos hostil do Doutor Sarnath.

Quase no mesmo instante, tudo o mais à nossa volta desapareceu. A nebulosidade abafou a luz dos faróis, e o ar transformou-se em uma massa palpável. Era algo como eu nunca tinha visto, estranho e inexplicável. O caminho que deveria seguir para o norte se desfez em curvas amortalhadas de névoa e lamúrias fantasmagóricas.

Os arbolianos voltaram à sua condição de seres ina-
nimados; mesmo assim, as faces dos mortos ainda se
queixavam no tronco de árvores.

# CAPÍTULO 12

**A**pós um ponto específico, a rota à qual nos dirigíamos se tornou indistinta. Olhei a bússola em meu pulso, a agulha estava parada.

— Ainda estamos no caminho certo? — perguntou Cyron.

— Não tenho certeza — admiti.

— Você está com medo, não está?

As palavras do garoto já não me irritavam tanto quanto antes.

— É tão óbvio assim?

— Um pouco. Você parece tenso.

— É, estou. Para ser honesto, estou me borrando — suspirei, soltando o ar trêmulo e frio dos pulmões. — O que está acontecendo aqui não é nada bom.

— Você quer dizer que pode piorar ainda mais? — Lunaz perguntou, erguendo uma sobrancelha.

— Pode piorar muito. As tulpas têm a capacidade de mexer com a nossa percepção sensorial e acessar dimensões onde vários mundos alternativos coexistem, alterando o tecido da realidade.

— Estão criando um cenário para seus horrores — acrescentou Cyron.

— Exatamente. De agora em diante, não podemos esperar nada além do pior.

E não demorou muito para percebermos os primeiros sintomas. No entorno de nossos passos, começaram a se erguer os painéis enevoados dos novos pesadelos. A distorção dimensional tingiu o horizonte de laranja, transformando o céu em um entardecer apocalíptico.

Quando a névoa se dissipou por completo, um panorama aterrador desvendou-se diante de nós. Era uma planície tão extensa quanto a vista podia alcançar, onde não se via nada mais do que amontoados de cadáveres e restos de corpos pouco descritíveis.

Algumas daquelas formas lembravam cascas de insetos monstruosos; outras, exoesqueletos com pernas retorcidas, que se assemelhavam a apêndices de crustáceos. O cheiro de podridão era intenso e impregnava todo o ar.

A luz dos faróis se erguia agora como holofotes distantes às nossas costas. Continuamos a avançar até chegar a um fosso longitudinal, aberto em uma porção viscosa e lamacenta do solo.

— Olhem, há mais desses buracos lá na frente — apontou Cyron.

— Não são só buracos, são trincheiras — comentei, olhando ao redor. — Vestígios de uma batalha antiga, de quando este lugar ainda tinha vida. As tulpas estão desenterrando essas lembranças.

Um grupo de sobreviventes estava a cerca de vinte metros à nossa esquerda. Pangron acenou quando nos viu. Caminhamos ao encontro deles, mais ou menos cem civis de aspecto desgastado, rodeados por um cercado de soldados.

— Viram mais alguém vivo além de vocês? — questionei assim que chegamos.

Pangron abanou a cabeça tristemente.

— Não, acho que só nós restamos.

Alguém chorava, uma adolescente de aspecto debilitado.

— Vamos morrer! Akenar, tenha piedade!

Lunaz enlaçou a menina em um abraço afável.

— Shhh... está tudo bem, está tudo bem. Acalme-se.

Pangron soltou um intenso suspiro de irritação.

— Minha munição se esgotou.

Soran, o jovem aldorino gorducho, tirou o fuzil do ombro e entregou a ele.

— Vi você atirando, isso vai ser mais útil nas suas mãos.

O caçador de Thanides verificou a quantidade de energia através do visor lateral.

— Você não fez muitos disparos, não é? Está com mais da metade da carga.

O gorducho deu de ombros, meio sem graça.

— E para onde vamos agora? — indagou Cyron.

Olhei ao redor, sentindo o peso de nossa situação desesperadora, e retirei os óculos de proteção, lançando-os longe com um gesto de exasperação.

— Acho que isso já não importa — confessei. — Merda!

Lunaz me olhou assustada.

— Merwin!

— O que é?

— Seu braço — ela apontou, e eu segui seu gesto.

Meu ferimento sangrava e, entre as dobras das ataduras, vislumbrei pequenos ramos emergindo, tentando encontrar uma saída. Minha amiga aproximou-se e retirou um bisturi de sua maleta. Ela começou a cortar o restante do curativo. O tecido estava manchado de sangue, e o que se revelou fez meu estômago se contorcer.

Entrelaçamentos pálidos de raízes germinavam na carne escura e inflamada. Eu sentia suas extremidades ocultas explorando o interior do meu corpo, dividindo-se em várias direções, nutrindo-se, crescendo inexoravelmente.

— A praga das tulpas! — exclamou um fayrin magro e trêmulo, cujos olhos arregalados denunciavam o profundo temor que nos consumia. — Se não nos afastarmos dele, seremos contaminados.

— Ninguém mais vai ficar para trás — afirmou Cyron com determinação.

— Já está se espalhando — balancei a cabeça com tristeza.

— Ainda temos uma chance — interveio Lunaz. — Essa é uma enfermidade onírica, que existe apenas dentro dos limites desta realidade. Tudo o que temos de fazer é escapar de seu campo de atuação.

— Tem razão, gata; mas acho que é tarde demais. Nessa eu me ferrei, fim da linha.

— Não vou deixá-lo, Merwin. Esqueça! — disse ela com a voz embargada.

— Você e Cyron precisam continuar. Encontrem o acesso à via interdimensional, ajudem essas pessoas a fazerem a travessia.

— Ainda não acabou! Caveiras nunca batem o sino antes da hora, você me disse isso, lembra? Pense em sua filha, pense em Juliette!

— É isso, camarada — Pangron pousou a mão pesada em meu ombro. — Sairemos daqui juntos.

O silêncio se fez e, por longos e angustiantes segundos, todos ficaram me olhando, calados e repletos de ares trágicos. Eu sabia que Lunaz estava certa. Um objetivo maior residia dentro de mim, e essa chama arderia até o final da estrada, independentemente do que pudesse encontrar.

De repente, uma dissonância aguda rompeu o silêncio, ecoando pelo céu como sinos fantasmagóricos. O horizonte foi iluminado por um brilho místico, rasgando uma fenda vertical na realidade que se abriu em um profundo vazio.

O que se deu a seguir não foi presenciado apenas por nós, mas certamente por todas as divindades do céu e do inferno.

Para nossa surpresa e horror, uma imensa pirâmide flutuante emergiu, com arestas que brilhavam em um tom etéreo. Ela ascendia lentamente, atingindo dimensões tão vastas que seus vértices pareciam estender-se ao infinito. A pirâmide irradiava cores indefiníveis, uma combinação de tons que não correspondia a nada que eu tivesse conhecido antes.

— Vejam, nossas preces foram atendidas! — um dos soldados largou o fuzil e ajoelhou-se. — O altíssimo nos agraciou com sua presença! Ele veio nos salvar!

— Não olhem para a luz! — alertei.

Mas aldorinos e fayrins, militares e civis, caíram prostrados sem me dar atenção, murmurando orações.

— Akenar, senhor dos mistérios, aceite nossa devoção e nos guie pelo caminho da salvação — alguns simplesmente repetiam essa mesma súplica várias vezes.

Ficaram tão chocados que perderam completamente o controle sobre si, exceto por Pangron, Lunaz e Cyron, que me lançavam expressões confusas.

Para as tulpas, transcender as restrições da realidade era uma forma de escapar das limitações dos seres conscientes. Dentro dos sonhos e anseios de suas vítimas, elas realizavam desejos e não conheciam limites que separassem o tangível do incerto.

O que presenciávamos era uma criação forjada pela sinergia das ilusões terrenas, cujo mero vislumbre poderia induzir uma mente influenciável à beira da loucura.

— Não olhem para a luz! — eu insistia. — Acordem!

Pisquei os olhos várias vezes, tentando barrar a onda de energia maléfica que parecia determinada a fragmentar minha sanidade, transformando meu cérebro em uma onda de pensamentos desconexos, semelhante à estática de uma transmissão interrompida.

Efetivamente, o brilho plasmático dentro da pirâmide começou a coalescer e adquirir contornos, revelando a silhueta longilínea de um homem. O corpo colossal era esquio e parecia ser composto de matéria semitranslúcida, como se partilhasse de duas dimensões ao mesmo tempo, uma intersecção entre o físico e o onírico. Suas indumentárias evocavam uma realeza ancestral, repletas de símbolos e hieróglifos desconhecidos, que pulsavam com uma luz celeste.

Tinha a cabeça alongada e o crânio saliente de forma incomum, uma mescla entre a anatomia dos Grays e as representações dos faraós egípcios da quinta dimensão. Os olhos, imensos e perdidos em um negror abissal, irradiavam as profundezas de universos enigmáticos.

Os lábios da aparição eram quase invisíveis, mas um sorriso inquietante insinuava-se em seu rosto de tom cinza-azulado.

Quando energizei o fuzil para o próximo disparo, uma luz vermelha alarmante começou a piscar no visor lateral, indicando níveis críticos de energia. Efetuei disparos para cima, gritando feito um louco. Pangron assentiu com um gesto de cabeça, talvez para indicar que tinha entendido minha intenção, e então recarregou sua arma e fez o mesmo.

As pessoas começaram a se libertar do transe; algumas, mesmo aturdidas, erguiam-se rapidamente ao verem o assombro gigantesco que tomava forma no firmamento.

— É isso aí, levantem-se! Rápido!

— E eu? O que devo fazer? — indagou Cyron, visivelmente confuso.

— Leve Lunaz e os civis para a trincheira. Escondam-se lá e não saiam até que eu dê o sinal.

A bela aldorina me encarou profundamente. O brilho úmido em seus olhos prenunciava uma lágrima, um momento que me ecoaria na memória por anos a fio, como uma pausa no tempo.

— Por favor, tenha cuidado — ela disse.

No auge do desespero, eu consegui emitir uma única palavra:

— Vão!

Após uma breve hesitação, os dois cederam às minhas palavras e levaram os mais debilitados para dentro do buraco de trincheira. Os civis mais fortes se juntaram ao grupo de resistência, apesar de suas armas inexperientes.

Mas nem todos os eldorianos conseguiram se libertar do transe, alguns poucos ainda estavam presos ao cárcere mental. Seus olhos permaneciam inabaláveis, fixos na luz transcendental do que acreditavam ser sua divindade. As consequências para esses infelizes não foram nada boas.

Àquela altura, seria impossível tirá-los daquele estado, a reverência hipnótica havia se tornado a própria essência deles, como um elo irrompível com as profundezas do subconsciente. Eles seguravam as próprias cabeças, os dedos se enroscando em cabelos enquanto tentavam resistir à força avassaladora que os consumia por dentro.

A agonia e o desespero eram evidentes em seus rostos antes que suas cabeças fossem subitamente desfeitas, espalhando sangue e destroços cerebrais ao redor.

Logo em seguida, os braços da monstruosidade faraônica se ergueram, e duas espirais em chamas irromperam de suas mãos. Um jato de fogo jorrou das pontas de seus dedos, rasgando a crosta do que restava daquele planeta assombrado.

Uma batida constante ressoou no cerne do mundo, e um tremor de terra anunciou a chegada do inevitável. De repente, o inferno emergiu das negras profundezas abertas pelo fogo, manifestando-se sob um enxame de abominações.

Aquelas criaturas, materializadas em uma combinação de carne e pesadelo, desafiavam qualquer descrição precisa. Brotavam diante de nossos olhos com seus troncos blindados como crustáceos, com partes humanas dispostas em ângulos estranhos.

A fusão profana e caótica carregava ainda múltiplas espécies de insetos gigantes, cujas patas se moviam em uma cacofonia desordenada. Alguns tinham caras que lembravam cavalos deformados, com focinhos pontiagudos e uma boca amplificada e cheia de dentes serrilhados.

A textura surreal desses últimos contava também com penas de aves grotescas, que se projetavam de seus corpos como asas disfuncionais.

Um abalo sísmico violento sacudia o solo enquanto as monstruosidades galopavam em nossa direção, rachando a terra sob seus pés disformes. Minhas mãos se apertaram com firmeza ao redor da empunhadura do fuzil, os dedos úmidos, mas firmes.

Com a adrenalina bombeando furiosamente em minhas veias, meu coração funcionava como uma bateria, alimentando a doença em cada célula do meu corpo. A dor era excruciante, como se mil agulhas estivessem perfurando meu braço.

Ao meu lado, Pangron mantinha a atenção fixa na ameaça que se aproximava. A expressão do thaniense era tensa; em seus olhos, uma chama voraz de resolução ardia.

— Não vou mentir, camaradas! As chances de sobrevivermos a isso são ridículas — disse ele com ar sombrio.

— Vamos ser trucidados! — protestou um soldado.

— O que fazemos agora? — indagou o jovem fayrin de dreadlocks. — Fugimos?

Eu sentia a tensão vibrando como eletricidade estática através dos meus nervos, o estrondo da batalha se aproximando em uma avalanche negra e voraz de pesadelos demoníacos. Aquela era a minha oração!

— Foda-se! — rosnei. — Sugiro que se preparem, senhores, pois o Juízo Final apenas começou! — Tomei a dianteira de meus companheiros e comecei a atirar, incentivando-os a lutar por suas vidas.

Rompemos com furor entre os monstros, mantendo a linha ofensiva para disparar à vontade. Com ou sem coordenação, os civis armados tentavam nos acompanhar; no entanto, nada podia se comparar à escala de horrores que nos aguardava.

A carnificina se abateu com avassaladora rapidez, banhando tudo em sangue, vísceras e lascas de carapaças gosmentas. Explosões de plasma estrondeavam entre rugidos bestiais e gritos de desespero.

Enredadas umas nas outras, as feras dilaceravam qualquer um que ousasse bloquear seu caminho. Com garras gigantes que perfuravam, cortavam e evisceravam como tenazes de aço, os monstros reduziam as vítimas a pedaços ininteligíveis de ossos e músculos retorcidos. Corpos se rompiam como frutos cruentos, vertendo seu conteúdo ao se desfazerem.

Nos primeiros minutos, a matança ceifou a vida de muitos soldados, que defendiam suas posições com uma obstinação voraz. Sem munição, alguns sacaram suas espadas e adagas para enfrentar as feras em um confronto corpo a corpo, tentando retardar um pouco o avanço adversário. Alguns civis jogaram as armas ao chão e fugiram em um rompante de pânico.

O solo ficou encharcado de morte. Cadáveres sem pernas e sem braços, com as entranhas à mostra, eram alvos fáceis para o apetite insaciável das bestas carniceiras, semelhantes a caranguejos e tão grandes quanto rinocerontes.

À medida que o caos se ramificava, os guerreiros sobreviventes avançaram em um grande bloco, tentando arrastar uma legião de crustáceos monstruosos para longe dos civis indefesos. No entanto, o número de oponentes era inesgotável.

Pela visão periférica, eu vi Cyron sair da trincheira e correr para onde um dos militares havia caído. Com movimentos precisos e hábeis demais para um vendedor de cannabis, ele improvisou uma bandagem para estancar o sangramento na perna do soldado. Seus gestos eram tão seguros que eu não pude deixar de notar.

Nesse entremeio, imprecações monstruosas desviaram minha atenção das aptidões inesperadas do garoto. Novas aberrações emergiam do abismo para substituir as que havíamos massacrado. Conforme as rajadas dos fuzis explodiam contra cascos e exoesqueletos, a insana inundação de demônios continuava a crescer sem restrição. Estávamos irremediavelmente condenados, mas também determinados a eliminar o máximo de inimigos possível antes de sermos esmagados.

De repente, em meio ao caos do ataque, todo o meu corpo começou a tremer. Cai de joelhos, com o fuzil pendurado no pescoço, segurando o que restava de meu braço direito.

— Caralho! — urrei de dor.

A difusão generalizada da doença fazia meus pulmões arderem, lambendo tudo por dentro à medida que se alastrava como fogo.

Tentei ignorar a agonia causticante e recarreguei a arma, mas antes que eu pudesse usá-la de novo, um dos monstros caiu-me em cima e tentou perfurar minha garganta com uma das patas pontiagudas.

O ataque foi tão repentino, que não me deixou condições de descrever o bicho em todos os seus detalhes. Tudo que vi foi uma cabeça grande e bulbosa, com olhos negros que ocupavam quase toda a face. Tinha um tórax estreito e um abdômen alongado, assemelhando-se a um inseto ou aracnídeo, com seis membros longos e finos.

Saquei a faca da cintura e comecei a apunhalar a besta pelo flanco direito, rasgando e cortando sem parar. Uma gosma fétida explodiu dos ferimentos do monstro, obscurecendo minha visão por um instante.

Continuei estocando às cegas, com toda a força que me restava. A criatura estrebuchou e tombou para o lado quando enterrei a lâmina até o cabo em seu crânio. Empurrei o cadáver para longe de mim e me levantei.

Enquanto isso, a fúria dos monstros persistia em seus ataques. Mesmo quando um deles caía sob nossos tiros, outro prontamente assumia seu lugar. Chegavam tão perto que mal conseguíamos mirar, e muitos sucumbiram às suas garras.

Não havia pausa na matança e, conforme a horda de demônios aumentava, os eldorianos se viam obrigados a recuar para as trincheiras.

Tomado por um frenesi insano, Pangron lutava feito um demônio ensandecido, cuspindo plasma em um ritmo frenético contra os adversários mais próximos. Algumas vezes, esquecia o fuzil e destroçava as bestas com sua espada.

Logo compreendi que seu ímpeto tinha um propósito específico. Ele recarregou com uma concentração máxima de energia, e a arma vibrou e zuniu como dínamo. Um feixe fulminante libertou-se do cano do fuzil, atingindo a forma espectral que ainda se manifestava através da pirâmide.

— Akenar, seu maldito! Morra! Morra! — bradava o caçador de Thanides.

Os clamores de Pangron ecoaram com tal intensidade que capturaram a atenção do líder daquele exército de danações. O faraó translúcido virou-se para encarar seu atacante com o vácuo de milênios em seus olhos. Um urro fantasmagórico saiu de seus lábios não-materiais, e um coro de mil mortes passadas gelou o meu sangue.

Atraídas pelo chamado, as criaturas convergiram sobre o homem-leão, que largou seu fuzil e sacou a espada sob uma avalanche de membros retorcidos e tenazes afiadas. Pangron saboreava a carnificina, cortando, perfurando e zombando de um adversário que já celebrava sobre nossos cadáveres.

A loucura da batalha engoliu o general e, apesar de seus urros e do brilho de sua espada, ele desapareceu na massa de corpos e garras. Pessoas gritavam de dor e pânico, gargantas abomináveis estertoravam em berros. Busquei o vulto de meu amigo entre os combatentes, mas o tumulto me impediu de encontrá-lo.

— Mantenham-se juntos! Mantenham-se juntos! —
gritei, mas duvido que Pangron tenha ouvido.

À minha esquerda, um soldado caiu com a barriga
perfurada por um ferrão inimigo. Sem hesitar, corri até
ele e comecei a arrastá-lo para a trincheira onde os civis
estavam escondidos.

— Lunaz, ajude aqui! Ajude! — o gosto de bile enchia minha boca.

A garota acorreu e me olhou assustada. Foi só então
que percebi que meu desespero havia resgatado apenas
carne sem vida, pendendo de um tronco eviscerado.

As pessoas dentro da trincheira lutavam como podiam; algumas tinham armas. Estavam todas apavoradas.
Cyron veio depressa e perguntou:

— Merwin, o que vamos fazer agora?

Eu não sabia o que responder. Minhas mãos tremiam,
e o pulsar de uma maldição que nunca deveria ter sido
tocada me penetrara novamente. O mal que me assolava
agora atingia níveis extremos de evolução. A doença bus-
cava uma nova forma de existir. Rasgava minha carne de
dentro para fora, criando padrões intrincados de tumores
e fibras vegetais. O ferimento latejava e queimava com
uma energia maligna. Eu caí para trás, berrando de dor.

— Arranque isso de uma vez! Ampute! — implorava.

Cyron tentava proteger minha cabeça enquanto meu
corpo convulsionava violentamente.

— Rápido! Não vou conseguir segurá-lo por muito tempo.

Lunaz começou a remexer na maleta, encheu duas seringas e aplicou no membro deformado. O forte efeito analgésico da droga amenizou os espasmos, mas não impediu que a enfermidade continuasse a crescer em espessura e resistência.

A transformação se estendia em uma rede de tentáculos retorcidos e enraizados ao redor do meu braço, a ponto de absorver minha mão e até mesmo a arma que eu empunhava, como gavinhas famintas. E, de uma maneira que nem mesmo o próprio espectro da loucura poderia imaginar, planta, carne e ferro se fundiram em um único sistema, tornando-se uma extensão indissociável de um novo apêndice.

Eu podia sentir essas conexões se formando, cada função integrada ao meu cérebro; podia senti-las através da minha vontade.

Os momentos seguintes transcorreram com a velocidade de um relâmpago. Uma fera horrenda, irradiando tons viscosos de verde e cinza, arremeteu para dentro da trincheira. Sua cabeça era uma colmeia de pequenos olhos multifacetados. A boca escancarada parecia a fenda de uma gruta repugnante, lançando muco e perdigotos para todos os lados.

Num gesto instintivo, ergui meu braço, que se metamorfoseara em uma fusão grotesca de carne, tumores e o fuzil. Com essa extremidade deformada, disparei um feixe ardente de energia. O tiro atingiu a criatura, que imediatamente se desintegrou em uma massa amorfa de tecido carbonizado.

— Cuidado! — Lunaz gritou, encolhendo-se de pavor. Com um sobressalto, disparei novamente, dessa vez em direção a um enorme crustáceo que investia pela esquerda. Em um lampejo, a coisa se assemelhava a algum tipo monstruoso de caranguejo, mas com uma perversa distorção corrompendo sua forma primitiva.

A carapaça espinhosa despedaçou-se sob a explosão de plasma, lançando pelos ares uma mistura de órgãos dilacerados e detritos viscosos.

Então, o improvável aconteceu.

"Humano Merwin, Nico 6 em prioridade!", o comunicador em meu colete manifestou-se com total clareza.

— Nico! Pelo amor de Deus, onde está você?

"Prepare-se para o resgate em prioridade de condutor!".

Então, em um súbito espetáculo de cores ensurdecedoras, imensas naves eldorianas rasgaram o firmamento, deixando em seu caminho um rastro de plasma incandescente, que atingiu as deformidades híbridas como uma chuva de napalm.

— O que é isso? O que é isso? — Lunaz gritava com as mãos nos ouvidos.

— São os G.I. Joes! — Cyron deu uma gargalhada espontânea.

# CAPÍTULO 13

As máquinas pousaram em formação impecável, e grandes portas se escancararam em suas traseiras, liberando pelotões furiosos de soldados. Nico desceu da rampa aberta de um desses compartimentos. Suas lâminas laterais, acionadas em modo de combate, pareciam extensas asas de metal.

O assalto aéreo, no entanto, não foi capaz de erradicar inteiramente a horda de abominações, e as criaturas sobreviventes investiram contra os militares com a fúria de um enxame implacável. O clamor da guerra explodia como um turbilhão, tingindo todo o entorno de caos e carnificina.

Corpos mutilados jaziam misturados a armas descartadas. Lamentos dilacerantes traçavam uma cartografia do campo de batalha, marcando os combatentes que caíam feridos.

— Rápido, todos! Corram o mais rápido que puderem para as naves de resgate! — agarrei Lunaz pela mão e a puxei com firmeza para fora da trincheira. Cyron nos seguiu de perto, exibindo seu sorriso enigmático.

— Corram! — continuei gritando. — Todo mundo! Corram, porra!

— Vai! Vai! Vai! — Cyron repetia aos berros, rindo como se nunca tivesse visto algo tão engraçado em toda sua vida — É isso aí! — Definitivamente, havia algo errado com aquele moleque.

À medida que avançávamos, eu ainda podia sentir o processo contínuo dos filamentos vegetais no braço direito. Contudo, apesar da aflição que ameaçava minhas forças, o esforço para manter o fuzil orgânico em vigilância era constante.

Os estridores da guerra rufavam sob nossos pés, como os batimentos cardíacos do próprio inferno. Explosões de plasma se entrelaçavam com uma miscelânea de gritos e urros aterradores.

A artilharia eldoriana disparava cargas incendiárias, e o cheiro acre de enxofre pairava pesado no ar. Presenciamos várias criaturas serem engolfadas pelas chamas; e, invariavelmente, surgiam dúzias de outras em seu lugar.

No âmago de toda aquela loucura, mal tive tempo de ver os olhos diabólicos da próxima besta que se aproximava. Surpreendeu-nos a menos de três passos de distância.

Era uma coisa repugnante, com seis pernas longas e esqueléticas, que sustentavam um corpo alongado, coberto por escamas grossas. A cabeça tinha a textura de um tumor grotesco, repleta de protuberâncias e cicatrizes.

Antes que o monstro pudesse nos despedaçar com suas garras em forma de tenazes, empurrei Lunaz para o lado e me agachei. O sibilar de uma das patas passou acima da minha cabeça, e isso me deu alguns segundos de oportunidade.

Rolei sob o ventre da criatura e cravei meus dedos de galhos pontiagudos em suas tripas. Nesse instante, meu braço mutante convulsionou, disparando um jato abrasador que penetrou diretamente na ferida.

O bicho soltou um grito de agonia, e sua pele começou a derreter e borbulhar. A secreção fervente que jorrava de suas entranhas começou a consumi-lo de dentro para fora. Consegui me arrastar para longe enquanto a carcaça se dissolvia em uma espécie de ectoplasma pútrido.

A dor insuportável no braço direito me fez permanecer de joelhos. Ao ouvir meus gritos, Lunaz acorreu para me socorrer. Preparou mais duas seringas com os analgésicos e injetou no membro doente.

A agonia logo cedeu espaço para uma explosão de adrenalina. Nesse breve intervalo, o som de um motor rugiu com a fúria de uma besta recém-libertada. Nico avançava furiosamente em nossa direção. Desbravava o tumulto da batalha, tal qual uma embarcação que cruza águas turbulentas, deixando um rastro de anarquia para trás.

As lâminas acionadas através de seus estribos espalhavam sangue e tecidos inumanos pelo solo. Quando estava mais próximo de nós, realizou uma quinada abrupta e parou com as portas abertas.

— Entrem, eu cubro vocês! — gritei.

— Onde está Pangron? Não vamos embora sem vocês! Esqueça! — disse Lunaz.

Sem tempo para discutir, não tive alternativa senão acertá-la com um soco controlado, suficiente para deixá-la atordoada. Coloquei-a no banco carona com todo o cuidado. Cyron se acomodou ao volante e ficou olhando para o painel, completamente confuso.

— Espere, onde ficam os botões de controle dessa nave?

Ignorei a pergunta.

— Nico, leve-os em segurança para os veículos de resgate. Estou indo logo atrás.

Contudo, antes mesmo que o computador acionasse a blindagem, uma horda de demônios se lançou sobre nós. Seus corpos grotescos colidiram com a traseira do carro tão violentamente, que o veículo se inclinou para frente, erguendo as rodas dianteiras no ar por alguns segundos.

Abri fogo mais por instinto do que por desespero, transformando cabeças, carapaças e apêndices monstruosos em gosmas repugnantes.

Após vencer a resistência com suas poderosas turbinas, Nico rompeu o terreno em uma velocidade incendiária. Enquanto isso, eu tentava rasgar um caminho por entre a multidão de pavores, atirando com uma fúria cega, estraçalhando qualquer desgraçado distorcido que ousasse se aproximar dos civis indefesos.

— Morram, filhos da puta! Morram!

No entanto, meus pés chafurdavam na lama viscosa, formada pela areia amalgamada ao sangue de cadáveres. A disseminação dos tumores em minha nova anatomia restringia cada vez mais a mobilidade. Em breve, alcançariam os quadris e as pernas, e depois se infiltrariam nos órgãos internos.

Ainda assim, a batalha rosnava com vigorosa selvageria. Eu atirava sem parar, sem pensar, enquanto contornos se desfaziam sob as labaredas plasmáticas, como sombras dançantes no inferno.

Naquele caos ensurdecedor, não havia distinções entre demônios e heróis. Estiquei o braço metamorfoseado ao ver que outro daqueles seres metamórficos preparava uma acometida. Era uma besta inimaginável, uma espécie de besouro-rinoceronte, tão grande quanto um jumento.

Veio trotando com passos de terremoto, a boca escancarada e medonha, revelando duas carreiras de dentes afiados. Puxei o gatilho, mas a arma falhou. A fera saltou para cima de mim, e o peso dela me jogou no chão. Com a boca escancarada a centímetros de meu rosto, seus dentes amarelos gotejavam uma saliva pútrida. Enlacei seu pescoço com as raízes que brotava do meu braço e comecei a estrangulá-lo.

— Morra, desgraçado! Morra!

O monstro começou a engasgar, emitindo urros quase humanos. Minha fúria foi tão intensa que consegui decapitá-lo. Livrei-me do peso morto e me levantei para continuar meu caminho.

Os demônios estavam por toda a parte. Alguns ostentavam corpos cobertos de acúleos pontiagudos, outros pareciam constituídos de fogo e sombras. Um bando considerável desses seres viu-se envolto pelas chamas dos fuzis eldorianos, consumindo-se no clarão como traças atraídas pela luz ardente.

Finalmente, a cerca de trinta passos dali, vi Pangron se juntar às fileiras dos militares que avançavam sobre os restos calcinados de nossos inimigos. Tentei alcançá-lo, mas meus passos logo se tornaram laboriosos e se enraizaram no chão.

Imobilizado e sozinho, observei as poderosas naves eldorianas saturarem o terreno com bombas incendiárias. O bombardeio contínuo fez com que as bestas oníricas começassem a recuar, empurradas de volta para o ventre da pirâmide e de seu guardião espectral, como sombras fugindo da luz do dia.

Antes de submergir completamente na escuridão cósmica, a entidade faraônica alimentou meus delírios de febre, e uma de suas vozes declarou em tom cruel: "Ó homem, que chegaste até mim, és um entre os nossos. Em tua essência, reside um desespero solitário. Vem, junta-te à nossa aura transcendente e tuas lágrimas florescerão em um jardim de glórias santificadas".

— Juliette! — foi tudo que consegui pronunciar.

Então, saindo de meus pensamentos, o espectro disse:

"Não há nada a aprender com essa lastimável criança!"

Das palavras etéreas se fez o silêncio. E, de repente, tudo em meu subconsciente mudou. Não consigo explicar como é pensar como uma árvore, pois nenhum homem tem essa capacidade. Não há nada que venha de simples percepções visuais, mas da vastidão do tempo. Uma sabedoria arcana, tão antiga quanto os sonhos de uma constelação.

Pisquei meus olhos humanos pela última vez e suspirei aliviado ao ver os resgatados se reunindo, entrando nas espaçonaves. Soran, o gorducho, o jovem de dreadlocks, uma adolescente magrinha, um jovem casal e os demais, um após o outro. Logo, um estrondo ensurdecedor de motores sacudiu o meu corpo modificado pela impiedosa fusão de madeira e carne. Senti a pressão crescer nos ossos, como se uma força invisível me pressionasse para baixo.

A partir daí, tudo se tornou indescritível.

# CAPÍTULO 14

Provavelmente, passei dois meses inteiros adormecido, oscilando entre a inconsciência e o delírio. Quando finalmente recobrei os meus sentidos humanos, era incapaz de discernir se amanhecia ou se anoitecia. A primeira visão que tive foi de duas crianças thanienses, uma menina e um menino felinos, segurando pincéis e tintas. Sentei-me na cama e os pequenos correram, rindo alto. Eu estava vestindo uma espécie de robe de seda branco, estranhamente conveniente para aquele lugar.

Era um aposento fantástico, com o chão coberto de mosaicos e belíssimas colunas de mármore sustentando o teto. A aragem agradável, típica da proximidade com o oceano, entrava por uma janela em arco, mostrando o panorama de uma manhã amena. A brisa tinha uma fragrância nostálgica, que me trazia recordações das tardes de sábado em Saquarema.

Ergui-me da cama, meio tonto, e vi Lunaz dormindo em uma poltrona próxima. Ela abriu os olhos devagar quando as crianças a sacudiram gentilmente.

— Veja, Zion Lunaz, ele acordou! — disse a menina. A bela aldorina sorriu ao me ver de pé.

— Gostei muito da pintura, crianças! Parece que vocês o transformaram em uma flor. Está muito charmoso!

— Não é uma flor, Zion Lunaz; é um caçador de Thanides, como meu pai — corrigiu o menino, com um risinho maroto brotando nos lábios.

— Está pronto para outra batalha, Senhor Caveira?

— Parece que sim, não é? — respondi, examinando meus braços, agora novamente humanos. — Fico feliz de saber que conseguimos salvar as crianças.

— Ah, sim. Nico salvou Elinor e Thrain, aquele casal de idosos simpáticos. Salvou também Aelius, o enfermeiro. Providenciamos um banho e vestes adequadas ao seu gosto. Estão ali.

As roupas estavam à disposição em ganchos na parede, próximas à porta. Havia uma calça preta de um material similar ao couro, acompanhada de botas e uma camiseta também na cor preta.

— Os médicos disseram que você e os outros foram afetados por uma enfermidade não corpórea, mas psíquica. A doença começou a se dissolver aos poucos quando entramos nesta dimensão. Mas, com todos aqueles tumores arbóreos enroscados na carne das pessoas, os militares tiveram que alocar dez cirurgiões para cada um dos contaminados. Não foi fácil arrancar os enfermos da terra, qualquer incisão equivocada poderia desencadear em uma hemorragia fatal em questão de segundos.

— Eldorion mobilizou sua força militar para salvar os doentes que deixamos para trás? Já estavam mortos!

— Nem todos; em alguns casos, a metamorfose não havia se completado totalmente. Os governos de Aldorius e Fayrindor acreditam que fomos vítimas de um ataque Maldraco, uma espécie de bomba interdimensional. Depois que vimos a evolução de sua cura, eu não tive dificuldade em convencer o Lumíneo Herdeiro a enviar tropas de buscas. Conseguimos salvar alguns.

— Pangron? — perguntei, olhando para as crianças.

— Fora seu péssimo humor, está muito bem. Está fazendo alguns exames.

Cofiei a barba, rindo aliviado. Em seguida, fui até a sacada da janela em arco e observei nossa localização em mais uma das construções esculpidas naquelas árvores colossais de Eldorion. Lá fora, as folhas gigantescas sussurravam uma brisa suave. Avistei uma enseada pitoresca, cercada por montanhas rochosas. Ao longo da praia, centenas de barracas militares estavam dispostas em uma ordem meticulosa. Soldados patrulhavam o perímetro da residência, enquanto tanques aldorinos e fayrins, imponentes como gigantescas sentinelas de ossos, carne e metal, mantinham seus canhões de plasma direcionados para o oceano.

— Que lugar é esse?

Lunaz aproximou-se.

— É uma das fortalezas de Verdentia, um país colônia pouco desenvolvido, situado ao sul de Eldorion. Um lugar belíssimo, mas os problemas com a corrupção criaram um ciclo vicioso de desconfiança em relação aos seus líderes.

Não consegui conter um sorriso absorto.

— O que foi? — ela perguntou.

— Nada… acho que tive um déjà-vu.

— Teve o quê? — ela franziu a testa.

— Esqueça. Então, o que nós estamos fazendo aqui?

Em vez de responder, a bela eldoriana direcionou o olhar para alguém lá embaixo e acenou com a mão.

— Cyron — pensei em voz alta.

O garoto estava cercado por guardas e, com um sorriso meio bobo, retribuiu o aceno. Logo em seguida, apontou em minha direção e soltou um grito animado, que eu não consegui entender claramente.

— O que será que o deixa sempre tão empolgado?

Lunaz riu consigo mesma antes de responder.

— Ele talvez seja a pessoa mais importante que você jamais teve o privilégio de conhecer. É o herdeiro de Aldorius, a maior potência de nosso mundo. Seu pai, o luminarca, trouxe-o para este país distante, alegando preocupações com ameaças externas. Mas, na verdade, foi para protegê-lo de suas próprias excentricidades. Cyron cansou do isolamento imposto por seus estudos e fugiu. Misturou-se ao povo para experimentar uma vida entre as pessoas comuns.

Dei uma risada irônica.

— Esse moleque idiota quase morreu por nada

Ela bufou e sacudiu a cabeça em negação.

— Se ainda estamos vivos, Merwin, é graças a esse moleque que você chama de idiota. Eldorion não mobilizaria todo o seu poder militar apenas para salvar gente como nós. Pelo que entendi, Nico forneceu as coordenadas aos militares; foi assim que conseguiram nos encontrar e resgatar o lumíneo.

Nesse instante, entrou escancarando a porta do aposento um sujeito grande e impecavelmente uniformizado, com várias insígnias douradas penduradas no peito. Ele vinha escoltado por cinco soldados, que permaneceram aguardando do lado de fora.

As crianças correram para Lunaz e a abraçaram pelas pernas, ficaram olhando para o cara com os olhos arregalados.

— Eu sou o Cetro Almirante Sandor. Estou aqui por ordem direta do Lumíneo Herdeiro Cyron. Ele solicitou a presença da enfermeira Lunaz e do errante Merwin no

Sagrado Atrium — declarou o homem com firmeza. — Ele precisa discutir assuntos de suma importância.

— Diga ao Lumíneo Herdeiro que estaremos lá em breve — a aldorina respondeu, enquanto acariciava as cabeças das crianças.

O oficial assentiu e fez uma breve saudação militar antes de se retirar do aposento, acompanhado por seus subordinados. Assim que a porta se fechou, soltei um suspiro e olhei para Lunaz com uma expressão de desgosto.

— De suma importância para quem?

Ela franziu a testa e me deu um tapa leve no braço.

— Não seja tão negativo, Merwin. Talvez ele tenha boas notícias.

O garotinho thaniense correu em minha direção e me envolveu a cintura com os bracinhos gorduchos.

— Não se preocupe, Zion Merwin. Nós vamos ficar bem. Meu pai disse que você é um grande guerreiro. Ele e o lumíneo são amigos agora.

Agachei-me para poder olhá-lo nos olhos.

— Qual seu nome?

— Lorin.

— Sabe o que é um amigo, Lorin?

Os olhinhos dele brilharam.

— Meu pai diz que amigos são como estrelas. Não podemos vê-los o tempo todo, mas sabemos que eles estão sempre lá.

— Sim; eu tenho uma amiga como você nas estrelas. Um dia vou encontrá-la. Aí você também poderá ser amigo dela. — seu olhar encontrou o meu, e compartilhamos um momento silencioso de compreensão.

Lunaz enxugou discretamente a emoção que lhe escorria pela face.

— Vamos acabar logo com isso — disse eu, levantando-me. — Quanto menos tempo perdermos nessa audiência, melhor.

Ela concordou com um gesto. Coloquei as minhas roupas novas e saímos em seguida.

# CAPÍTULO 15

O Sagrado Atrium era uma proeza arquitetônica, talhada diretamente no tronco de um vegetal de proporções impressionantes. Essa construção robusta ficava na densa mata, a menos de um quilômetro da praia. Ela combinava aço, pedras luminescentes e materiais biológicos, demonstrando a influência da engenharia avançada de Aldorius. Era uma homenagem à fusão harmoniosa entre a natureza e a tecnologia. O local destinava-se a abrigar nobres e militares de alta patente.

Um monotrilho seguia um trajeto em espiral, contornando o tronco e conectando os diferentes níveis. Esse aparelho tinha uma aparência quase orgânica e se incorporava perfeitamente à estrutura do vegetal. Em cada andar, pequenas varandas ofereciam vistas da paisagem circundante, cuidadosamente emoldurada pela exuberante vegetação de Verdentia.

Após chegarmos ao último andar, dois soldados nos acompanharam até o centro do amplo salão principal. O teto abobadado de vidro proporcionava uma vista do céu azul, onde nuvens esparsas flutuavam.

Uma música alegre animava o ambiente. Bardo, sentado à direita do trono do lumíneo, tocava seu **harmonitron** em uma poltrona ampla o suficiente para acomodar seu corpanzil. Raízes projetavam-se de seu pé esquerdo, espalhando-se pelo chão, uma lembrança persistente da doença. Fiquei feliz e, ao mesmo tempo, envergonhado de vê-lo salvo.

Pangron, do outro lado, estava de pé, com os braços cruzados e aquele mesmo olhar duro que aprendi a admirar. Fiz um aceno de cabeça, e ele respondeu com um sorriso discreto.

Cyron levantou-se do trono e veio em nossa direção com os braços abertos. Assim que as crianças o avistaram, correram e o abraçaram calorosamente. O garoto estava vestido com um terno brilhante, bordado com nuances de azul elétrico e padrões intrincados, simbolizando sua herança e o esplendor de Aldorius.

Em contraste, calçava uma imitação notavelmente precisa de um par de tênis All Star, uma escolha ousada que destacava sua estranha admiração pelo quinto paralelo da Terra.

— Querem conhecer o meu jardim? — ele se abaixou para ficar na altura dos menores. — Lá tenho uma coleção de brinquedos antigos que acredito que irão gostar!

Os pequenos olharam para o pai, e o homem-leão assentiu com a cabeça.

— Sim, queremos! — responderam em seguida, entusiasmados, com os olhos brilhando de expectativa.

Cyron fez um gesto sutil com a mão, e uma das funcionárias mais novas se aproximou.

— Sim, Lumíneo.

— Lorna, poderia levá-los ao jardim? Preciso conversar com Merwin e minha noiva sobre um assunto importante.

Ela baixou a cabeça em cumprimento.

— Venham, crianças, tenho muitas coisas divertidas para mostrar a vocês.

Acompanhamos com o olhar enquanto a moça se afastava com os pequenos thanienses, seus passos ecoando pelo corredor adiante.

— Noiva? O que diabos eu perdi enquanto estava ocupado morrendo? — exclamei, estreitando os olhos incrédulos na direção dela.

Bardo cessou a música e recostou-se na poltrona. Pangron resolveu sair e, quando passou por mim, pousou a mão pesada sobre meu ombro e sussurrou:

— Você precisa de uma férias, camarada — ele riu.

O guerreiro de Thanides se afastou. Então, Cyron respondeu:

— Eu a pedi em casamento. Ela não contou?

Lunaz me lançou um olhar compassivo, meio sem graça.

— Desculpe, eu não tive oportunidade. Na verdade, não sabia como contar e…

— Nós vamos construir um lar muito feliz, teremos muitos filhos — interrompeu o Lumíneo, entusiasmado.

— Um lar feliz…?

— Não somente feliz, Merwin, mas muito feliz; e você, caro amigo — ele pousou a mão em meu ombro —, será o comandante-geral dos Luminários. O que me diz?

— Luminários?

— Sim, a maior força militar de Eldorion. Comandante-geral!

— Sinceramente?

— Sim, diga!

— Eu acho que vocês são um bando de lunáticos. Onde está meu carro? Preciso sair daqui agora!

A expressão quase ingênua do garoto se transformou em um sorriso forçado, constrangido. Parecia uma criança flagrada com o dedo no bolo. Lunaz então deslizou uma das mãos carinhosamente pelo braço do jovem noivo e disse:

— Cyron, posso falar com meu amigo a sós um minuto, por favor?

— É claro, querida, eu não me incomodo. Vou até o jardim ver Pangron e as crianças.

— Obrigada.

Ele fez um breve cumprimento abaixando a cabeça e saiu caminhando com passos desconsertados.

— Você perdeu o juízo de vez? — questionei quando o garoto se afastou — Vai se casar mesmo com esse pangaré?

— Tenha um pouco de tolerância. Ele admira você, só está tentando conquistar sua amizade.

— Pelo amor de Deus, Lunaz! Ele deve ter no máximo vinte anos. É só um moleque com um brinquedo novo. Já pensou no que vai fazer quando ele resolver brincar de outra coisa?

— Por favor, compreenda, eu não tive alternativa. O pai dele está idoso e debilitado. Em breve, Cyron assumirá o governo de Aldorius e se tornará o luminarca mais poderoso do planeta. E eu... eu sou apenas uma enfermeira, uma mera enfermeira. Diga-me, que diferença eu posso fazer com as minhas mãos e os meus remédios? Mas como sua esposa, como sua Luminarca Consorte, poderei fazer muito mais, poderei me tornar uma influência positiva para o meu povo.

Ela se aproximou um pouco mais e me beijou os lábios.

— Fique comigo, Merwin. Deixe-me cuidar de você.

— Sabe que eu não posso.

— É... eu sei. Mas me prometa uma coisa.

— O quê?

— Prometa que trará Juliette aqui para que eu possa conhecê-la — ela olhou nos meus olhos, e eu vi lágrimas nos seus.

— Pode ser que eu me atrase — respondi com um sorriso triste.

— É claro, você vive chegando atrasado.

# CAPÍTULO 16

O casamento foi celebrado no dia seguinte. Os notáveis de Eldorion, sábios renomados e sacerdotes das nações aliadas, compareceram em peso, trazendo consigo a presença imponente de seus reinos, representados por forças militares e nobres influentes. Os jardins do Sagrado Atrium logo se encheram de uma multidão vibrante, todos ansiosos para testemunhar a solenidade.

A beleza exuberante de Lunaz estava envolvida na elegância etérea de um vestido branco, feito de seda translúcida e decorado com intrincados bordados de ouro. Seu cabelo, preso em um penteado elaborado, caía em ondas suaves, adornado com pequenas flores luminescentes que pareciam flutuar ao redor de sua cabeça como uma coroa celestial.

O noivo vestia-se para impressionar, ou pelo menos tentava. Definitivamente, o garoto tinha uma queda pelo exagerado. Parecia um neon ambulante, envergando uma espécie ridícula de fantasia intergaláctica, cheia de linhas fosforescentes que percorriam o comprimento metálico do tecido, estendendo-se pelos braços e pernas. Ele esperava sobre um tablado, onde se postava uma senhora de vestes escuras, pele arroxeada, cabelos grisalhos e expressão rigorosa. Sem dúvida, aquela era a sacerdotisa de Akenar, prestes a presidir a cerimônia.

— Eu convoco as forças sombrias a se afastarem de imediato. Espíritos benevolentes, abençoem nossa terra e os novos líderes que hoje assumem seu governo. Akenar, supremo sacerdote das estrelas e guardião dos portais, derrame sua graça sobre nós e purifique este dia.

Os minutos seguintes passaram em um borrão de formalidades. Lunaz e Cyron, agora lado a lado, se posicionaram para receber os convidados. Cada um que se aproximava trazia cumprimentos formais e presentes, aos quais os dois respondiam com sorrisos e palavras de agradecimento, aceitando cada oferta com uma graça treinada.

Eu observava de longe, analisando a cena. Todo aquele ambiente parecia pesadamente onírico para mim. Talvez a busca por um ideal seja a força mais poderosa que existe. Ela pode elevar alguém às alturas do impossível ou empurrá-lo aos desertos da alma, onde o que realmente somos se perde no caminho. Mas e se o perseguidor desse ideal se tornar apenas uma extensão de uma vontade que não é mais sua? Essa pode ser a mais cruel das batalhas.

— Não vai se despedir dela? — a voz de Pangron surgiu atrás de mim, era tão grave que parecia emergir das profundezas da terra. Sua aparência era impressionante. O brilho de sua pelagem negra contrastava com o veludo carmesim do seu sobretudo, decorado com atavios e grampos de esmeraldas. Suspeitei que fosse um traje de gala militar de seu mundo. Os ombros largos, realçados pela armadura e pela expressão dura do seu rosto leonino, transmitiam uma força e determinação que poucos poderiam igualar.

— Não, acho que não.

— Tem certeza?

— Não há certezas em meu caminho — respondi, sem conseguir disfarçar minha tristeza. — E você? O que vai fazer?

— Cyron me concedeu asilo e, em troca, pediu que eu atuasse como seu guarda-costas. Parece que a rivalidade com os maldracos vai se acirrar. As nações aliadas esperam mais ataques terroristas.

— Então fez as pazes com o deus deles?

— Digamos que seja apenas uma trégua.

Ele estendeu a mão, e eu a apertei firmemente.

— Amigos — ele disse, com o olhar firme.

— Amigos — repeti.

Diante dos fatos, decidi esquecê-la. Um homem precisa ter o domínio de seu próprio destino, mesmo quando os sentimentos insistem a nos levar a caminhos insidiosos. Com esse pensamento, dirigi-me à praia para encontrar alguma clareza. Quando cheguei, Nico já aguardava em um ponto estratégico, com suas poderosas rodas de trilha descansando sobre a areia dourada. O sol brilhava alto no céu claro, refletindo no metal negro da carroceria.

Entrei no veículo e acelerei, decidido a não me prender mais às memórias daquele mundo. Talvez eu nunca compreendesse completamente o porquê de todas as escolhas que fiz, mas sabia que a estrada à minha frente estava clara, aberta e cheia de promessas.

E, por enquanto, isso me bastava.

# EPÍLOGO

*Eliatar, Galáxia Zarantius,*
*Ano do 5º Aurora de 54.062*

*Caro Antônio Carlos Merwin,*

*Recebi sua missiva eletrônica com grande interesse e não posso deixar de expressar meu respeito pela dedicação com que abraça as complexidades dos reinos interdimensionais.*

*Encontro-me atualmente na Galáxia Zarantius, um reino estelar antigo e esquecido, onde rastreio as marcas energéticas de uma de minhas incontáveis vidas passadas. Como você bem sabe, a existência de um ser como eu, que caminha pela eternidade, é composta de inúmeras experiências e memórias entrelaçadas. Em meio a estrelas que carregam o legado de nossos tempos, busco a essência de minha origem primordial.*

*Sou hoje um deus velho e cansado, ansioso por reencontrar o núcleo de minha existência e compreender plenamente o propósito de minhas repetidas encarnações.*

*Acredito que este retorno às origens é crucial, não apenas para minha paz espiritual, mas também para equilibrar as forças que moldam os universos que nosso trabalho incansavelmente procura proteger.*

*Merwin, sua habilidade em sobreviver por realidades complexas será indispensável em breve. Do mesmo meio que envio essa mensagem, planejo chamá-lo por meio de um sonho. Esteja preparado para este chamado, pois ele marcará o início de uma jornada crucial, não só para mim, mas para a própria estrutura do cosmos.*

*Aguardo ansiosamente o momento de nosso próximo encontro, seja ele em sonho ou na realidade das estrelas.*

*Com estima e respeito eternos,*

*Josafá Xyriax*

MERWIN

# GLOSSÁRIO

## A

**Akenar**: Divindade central adorada pelas nações de Aldorius e Fayrindor. A crença em Akenar é um elemento unificador e conflitante entre as duas nações.

**Aldorinos**: Habitantes de Aldorius, uma nação em Eldorion que adora Akenar. Caracterizam-se pelo tom acinzentado da pele, com nuances azuladas.

**Aldorius:** Nação em Eldorion cuja cultura baseia-se no culto a Akenar.

**Algarim:** idioma utilizado pelos povos das nações interdimensionais.

**Arbolianos**: Nome dado às vítimas de uma estranha doença provocada pelas tulpas. O infectado desenvolve tumores que o transformam em uma árvore. Termo mencionado brevemente no prólogo, cuja complexidade requer discussão pessoal, sugerindo um papel significativo na trama.

## B

**Balões**: Objetos presentes na paisagem de Eldorion, que adicionam um elemento visual ao cenário e às festividades dos habitantes.

**Bardo**: Um personagem obeso de pele azulada e barba crespa, conhecido por suas habilidades musicais e contação de histórias.

# C

**Cânion do Rio Shiolba**: Destino para onde Merwin se dirige, local sagrado, relacionado aos eventos envolvendo Akenar.

**Cyron**: Um jovem de pele cinzenta e cabelos ruivos que vende charutos de cânabis marciana. Ele é um personagem secundário que interage com Merwin e Lunaz.

# D

**Dimensão Sigma Acallaris**: Galáxia onde Eldorion está localizado.

**Dr. Sarnath**: Um médico com aparência de abutre que ajuda no hospital de campanha após o desastre no ritual.

# E

**Eldorion**: Planeta fictício onde a maioria da história se desenrola. É um ponto vital de encontro e comércio interdimensional.

**Enigromantes**: Grupo ou seita a que pertence o sacerdote maldraco, responsáveis por manipulações perigosas envolvendo Akenar.

# F

**Fayrindor**: Outra nação em Eldorion, também adoradora de Akenar, mas com crenças divergentes de Aldorius.

**Fragmento da Pirâmide Ascensional de Akenar:** Um artefato crucial para a trama, cuja reunião é esperada para trazer paz entre Aldorius e Fayrindor.

# G

**General Pangron:** Um thaniense exilado que perdeu a esposa devido à perseguição dos seguidores de Akenar. Ele é um personagem que traz conflitos e tensões adicionais à trama.

**Giskard 0.46. Tecnologia** avançada que transformou o Volkswagen 1973 de Merwin em uma máquina de travessias interdimensionais. A designação se refere ao deus-máquina Giskard 0.46, personagem presente no livro Merwin e os Contos das Infinitas Dimensões.

**Greena Hotel:** Local mencionado no prólogo, onde Merwin compartilha informações sobre suas investigações com Josafá.

# L

**Lunaz:** Uma jovem aldorina que ajuda Merwin e tem um papel importante na trama. Ela perdeu seus pais em um atentado e se dedica à reconciliação entre os povos.

# M

**Merwin:** Protagonista da história. Um explorador interdimensional que enfrenta desafios tanto externos quanto internos. Ele é acompanhado por seu Volkswagen modificado, Nico.

**Mira:** Uma senhora robusta que gerencia uma barraca de comidas típicas de Aldorium e faz parte dos sobreviventes do desastre no ritual.

# N

**Namazeus:** Raça alienígena com características de roedores, como olhos grandes e ausência de pelos, que ajudam Merwin com seu veículo.

**Nico:** O Volkswagen 1973 modificado de Merwin, equipado com tecnologia para travessias interdimensionais.

# P

**Pirâmide Ascensional de Akenar:** Estrutura sagrada composta de fragmentos que, quando reunidos, podem ressuscitar Akenar e unificar as crenças das nações de Eldorion.

**Portais Transversos:** Acesso usado por Merwin para viajar entre dimensões, uma característica central da narrativa interdimensional.

# R

**Rakin:** Mecânico namazeu que ajuda Merwin a consertar Nico. Ele é um personagem secundário que fornece suporte técnico crucial.

# S

**Synamon:** Antiga linhagem de acólitas mencionadas durante o ritual, guardiãs dos ensinamentos que precedem a era atual de Eldorion.

# T

**Thanides:** Quadragésima terceira dimensão de onde vem o General Pangron, trazendo sua própria história de conflito e exílio.

**Terramira:** Um lugar mencionado no prólogo, complicado pela complexidade temporal e importante para as travessias interdimensionais de Merwin. Terramira é uma dimensão próxima do quinto paralelo, muito semelhante ao nosso plano de realidade.

**Tulpas:** Manifestações oníricas materializadas que representam uma ameaça constante no universo de Eldorion. Entidades extremamente perigosas.

# V

**Ventúria dos Alabastros:** Cidade de Aldorius, conhecida por suas construções peculiares e arquitetura impressionante. É um centro cultural importante de Eldorion.

**Volkswagen 1973 (Nico):** Carro de Merwin, modificado com tecnologia avançada para travessias interdimensionais.

# NOTA DO AUTOR

Não me lembro de um momento em que me senti completamente alinhado com a realidade vigente. Desde criança, sentia um impulso interno por conexões com outras esferas de existência. Era aquele garoto quieto, absorto na paisagem, distante dos assuntos do dia a dia. Confesso que ainda sou assim: um eterno desinteressado pelo convencional. A vida, no entanto, exige que façamos certas concessões, que entremos nos eixos da rotina humana. Tentei me adaptar: cursei a faculdade, passei em um concurso público, mas sempre me senti andando por uma selva estranha, repleta de modismos efêmeros e valores que não compartilho.

Meus olhos estão sempre voltados para um deserto de memórias, sonhos tão antigos que parecem ecos de outras existências. A adequação me é um conceito distante, pois é na escrita que busco não perder a sanidade — e é um esforço diário para me sentir "em casa". Merwin surgiu em minha mente enquanto dirigia, pensando quão maravilhoso seria tomar um desvio rumo a uma nova realidade. Sempre me cativaram as histórias de personagens arrancados de seus mundos áridos para viver aventuras em realidades alternativas. Minhas inspirações vêm de clássicos como: Caverna do Dragão, A História sem Fim, Os Goonies, Uma Noite Alucinante, Conan, o Bárbaro, De Volta para o Futuro, Mad Max, entre outros.

Se você está lendo estas palavras, amigo, significa que também mergulhou nesta jornada. Isso o torna parte desses mundos fantásticos. Espero sinceramente que tenha desfrutado desta aventura tanto quanto eu ao criá-la, e que esteja disposto a me acompanhar nas próximas.

Agradeço imensamente por sua companhia.

*Marcio Parente Melo,*
*Rio de Janeiro, 13/06/2024*

Siga-me nas redes sociais e mande um *feedback*. Marque no stories com o livro e contando o que achou.

@autormarcioparente

Adquira também outros livros de Marcio Parente no meu site oficial:

SITE: https://merwin.my.canva.site/livros

9 786501 063058